漂う子／目次

漂う子

握っていた手を強く引っ張られ、少女はあやうくつんのめりそうになった。右足を出して踏ん張り、顔を上げる。いつの間にか信号が青になっていたらしい。前に立つ男は振り向きもせず歩きだし、彼女も手を引かれるままに足を出す。

左足、右足、左足……。意識しなければ歩けないほど、少女は疲れきっていた。その小さな手を摑《つか》んでいるごつごつした手の持ち主とて、同じように、いや彼女以上に疲れているに違いない。だが今のように信号や行きかう車に遮《さえぎ》られない限り、足を止めようとはしなかった。

横断歩道を渡る人々は彼ら以上に性急な様子で、二人を足早に追い越していく。前からも同じように大勢の人が押し寄せてきて、中の一人が彼女にぶつかる。小さな舌打ちとともに向けられた視線に、ほんの僅《わず》か不審の気配が宿った。こんな時間にこんなところで子供が何を？　だが視線はすぐに離れる。彼女に関心を払う者など誰もいない。ましてや彼女を知る者など、ここにはいない。

また誰かにぶつかり、勢いで摑んでいた手が離れてしまう。あ、と少女はパニックに襲われる。この手を離してしまったら、あたしは人波の中、溺《おぼ》れてしまう。息をすることすらできない。放さないで。あたしを置いていかないで、ねえ、お父さん――。

少女の手が再び摑まれる。ごつごつした大きな手が彼女の手を包む。大丈夫か？　優しい声が上から降ってくる。少女は安堵《あんど》の肯《うなず》きを返し、その手を強く握り返す。そして、再び足を前に出す。

自分たちがどこへ行こうとしているのか。なぜこうやって歩き続けなければならないのか。彼女には分からない。ただ父の手だけをしっかと握り、前へ、前へと進んでいく。その先に何が待っているのか、少女は知らない。

1　居所不明《きょしょふめい》

　その生き物はこちらに向かい雄叫《おたけ》びを上げると、猛烈な勢いで突進してきた。言葉は通じない。本能剝《む》き出しの凶暴さで全身をぶつけてくる。反撃はむしろ相手の思うつぼだ。倒されても嬉々《きき》として起き上がり、先ほど以上の激しさで再び迫ってくる。勢いにたまらずのけぞり、

「まるで怪獣だな」

　二村直《にむらなお》は苦笑まじりに呟《つぶや》いた。

「ちょっと」

　料理を並べていた森久保香織《もりくぼかおり》が、キッチンカウンター越しに抗議の声を上げる。

「怪獣はないでしょ、うちの可愛い天使に向かって」

「天使？」

　リビングで子供の相手をしていた直は、さらに凶暴さを増してくる相手を片手で押し返しながら呆《あき》れ声を返した。

「このオムツパンパン鼻水ズルズルが、天使」

「ちょっと芳雄《よしお》、何か言ってよ。あなたの友達ひどいわよ」

「いいじゃないか、トモカズ、喜んでるよ」

かつてはチョッパー奏法でライヴハウスを熱狂させた痩身《そうしん》のベーシストは、ふやけた顔をワインで真っ赤に染め、気の抜けた声を出した。

ともに学生時代からの友人である森久保芳雄・香織夫妻のマンションを訪ねるのは、新婚の時以来だった。四年前に訪れた時には妻の好みだという北欧雑貨などに囲まれていたこじゃれた空間も、今や散らばったオモチャや消しきれない落書きなどに覆《おお》われ見る影もない。部屋の主は上下ともによれたスウェット姿でせり出し始めた腹を隠す気もなく、妻の方も着古したトレーナーという愛想のない恰好《かっこう》で、自慢だった長い髪は肩先で切り揃えられていた。

一方の直はと言えば、手櫛《てぐし》ですませられる耳にかかるぐらいの髪形も、タートルネックにストレートのジーンズというスタイルも、学生時代のままだ。今日も香織から「ほんと二村くんて変わらないわよね」と呆れたような声を出されたが、それが褒《ほ》め言葉でないことぐらいは自覚していた。

「よしかかって来い、やっつけてやる」

直の発した言葉の意味など分からないだろうに、もうすぐ二歳になる男の子は再び突進してきた。その体を受け止めると同時に抱きかかえ、くるりと回転させてから着地させる。子供は歓喜の咆哮《ほうこう》だ。

直は思わず笑い声を上げた。「やっぱ怪獣だよ」

「どっちでもいいけど、気をつけないと腰やられるわよ」

「うん」

母親の忠告を聞き流し、疲れ知らずに飛び掛かってくるトモカズの相手を続ける。エアコンは動いていなかったが、床暖房が入っているのか少し動くだけでも汗ばむほどだ。

その様子を眺めていた香織が、

「二村くん、子供好きだったのね」

と意外そうな声を出した。

「知らなかった」

だってオモチャみたいで面白いじゃないか、とはさすがに言えない。

「まあ今だけだからね。飽きたら交替するよ」

「ダメよそんなの。もうトモくん止められないからね。責任とって最後まで面倒見てよ」

料理を並べ終え、香織は自分のグラスにワインを注《そそ》ぎながら言い返す。

「いやー、俺はもう限界。森久保、そろそろ交替」

友人の方に顔を向けた分、子供のことをちゃんと見ていなかった。突進してきたトモカズが、止めようと差し出した直の手に顔面をぶつけ、勢いのまま後ろ向きにひっくり返った。首ががくんと曲がり、後頭部を床に打ちつける。

「あっ」直は小さく叫び、腰を浮かした。

きょとんとした表情を浮かべていたトモカズは、「大丈夫か⁉」と直が駆け寄った瞬間、火がついたように泣きだした。

「ごめん、大丈夫？」

抱き起こそうとするが、子供は嫌々《いやいや》をしてさらに泣き声を大きくする。

「どうしよう」

直が不安な顔を向けても、すっかり腰を落ち着けた母親は「あらトモくん、ごっちんしちゃったの」と声を掛けるだけでグラスを置こうともしない。

「ねえ、泣いてるけど」

「大丈夫、大丈夫」

床には厚めのカーペットが敷かれてあるから怪我はないだろうとは思ったが、この泣き方は尋常《じんじょう》でない気がした。

「頼むよ」

直がすがると、ようやく父親の方が腰を上げた。

「トモくん、ごっちんしちゃったか。よしよし大丈夫、大丈夫」

泣いている男の子を抱え上げ、頭を撫《な》でる。それでもまだ泣き止《や》まないトモカズだったが、「痛くない痛くない」と父親に頭を撫で続けられると次第に声は小さくなり、やがてすすり泣く程度になった。

「なー、ほらもう大丈夫」

森久保が両腕に抱えたまま上下に振ると、トモカズは「キャッキャ」と笑顔になった。

「あー、今度は芳雄がエジキだ」

香織が同情するように言った通り、いったん下に降ろしても再び抱っこをせがむ。仕方ない、という顔で森久保は再び我が子を抱きかかえ、上下左右と振り回す。その度にトモカズは喜びの声を上げた。

「あー、焦《あせ》った。慣れないことはするもんじゃないな」

自嘲《じちょう》の呟きを口にした直を、「あれぐらい、全然平気よ」と香織が慰《なぐさ》める。

「芳雄なんかしょっちゅうだから」

「いやー、やっぱりパパは違うよ」器用に子供をあやす友人のことを見ながら、本心から口にする。「あの森久保がねぇ」

「ねー、信じられないでしょ」

香織の口調には、学生時代からの付き合いである気安さがにじんだ。

「学祭《がくさい》の時、子連れで来た先輩夫婦に悪態《あくたい》ついてたよなあ」

「ガキなんて人間未満、俺の半径百メートル以内に近づけるな！」

「あのダーティ森久保はどこに行ったんだ」

嫌みまじりの会話は耳に入っているだろうに、友人はニコニコと我が子の相手を続けている。

「自分の子は別みたいよ」代わりに香織が言った。

「へえー」

嘆息めいた声を出した直に、香織がからかうように続ける。

「二村くんも自分の子供が生まれたらああなるわよ」

直は苦笑を浮かべ、首を振った。

「なるって」香織は笑みを浮かべたまま繰り返す。

直はあえて言葉を返さず、「さあ飲み直すか」と飲みかけのグラスを手に取った。

それから小一時間ほども飲み食いし、子供の相手で疲れた友人がうたたねを始めたのを頃合いに、腰を上げた。

「今日はごめんね。ゆっくり話もできなくて」

玄関まで見送ってくれた香織が申し訳なさそうに言う。

「いや、楽しかったよ」

「これに懲《こ》りず、また遊びに来てね」

「うん」と答えて部屋を後にしたが、当分来ないだろうな、と直は思った。トンガっていた頃を知っている友人カップルがすっかり「パパ・ママ化」している姿を目の当《ま》たり《あ》にするのは、あまり居心地の良い時間とは言えなかった。

外に出た途端、冷気が全身を刺した。今までいた部屋が暖かすぎた分、余計に寒さが耐え難い。どこも夕餉《ゆうげ》の時間なのか、カレーの香りや魚を焼く匂いが追ってくる。周囲にはクリーム色やベージュといった同じような色の建物が並んでいて、数歩歩いたらもうどこのマンションから出てきたのか分からなくなってしまう。

歩きながら携帯電話を取り出し、相野祥子《あいのしょうこ》の番号を探した。土曜日の今日は家で仕事をしているはずだ。呼び出したら迷惑かとも思ったが、このまま一人の部屋には帰りたくない気分だった。

駅前の居酒屋からアパートまで歩く間に、すっかり体は冷えきっていた。かじかんだ手でノブを摑み、染みの付いたベニアのドアを開ける。

「寒い〜」

脇をすり抜け、祥子が先に部屋へと上がっていった。直はキッチンに入り、湯を沸《わ》かした。

祥子は勝手知ったる様子で暖房をつけている。友人の家と違って小さなガスファンヒーターしかないが、六畳の部屋を暖めるには十分だ。温度が上昇するにつれ古い部屋に特有のカビ臭さが気になるが、彼女は気にしたふうもなくヒーターの前で手を温めていた。

「何か飲む？」

まだ飲み足りない気分でグラスを用意する。

「お茶でいい」

フード付きのコートの背をこちらに向けたまま祥子が答えた。さほど飲める方ではないとはいえ、普段であれば少しは付き合うのに、居酒屋でもウーロン茶を頼んでいた。体調でも悪いのかと訝《いぶか》ったが、「別に」と首を振るだけだった。

自分用の焼酎のお湯割りと一緒に熱い茶を注ぎ祥子の方に目をやると、ようやくコートを脱いだものの、まだヒーターの前から動こうとしない。子供のようにしゃがみ込んで両手を差し出している。三十二歳の直より三つ年上だが、こういう姿を見ると可愛い、と思う。

グラスを置いてそっと近づき、後ろから抱きすくめる。肩まで伸びた髪が鼻をくすぐった。

「何」と振り返ったところに口づけた。

「唇、冷たい」

照れ隠しのように呟いて身を離した祥子だったが、直がさらに顔を近づけると、目を閉じて迎えた。唇を吸いながら、背中から尻へと手を這《は》わせる。そのままロングスカートをたくし上げようと手を伸ばした時、

「ごめん」耳元で小さな声がした。「今日はダメなの」

「あれ」すぐに察し、手を下ろした。「そうなの」

「うん」

「そか」

体を離しながら、なんだあの日か、と小さく落胆する。

それなら先に言ってくれれば良かったのに——。出かかった言葉を飲み込んだ。

「飲むかぁ」

ことさら呑気な声を出し、グラス片手にベッドにもたれるようにしゃがみ込む。

「こっちに来なよ」

湯呑《ゆのみ》を手にまたヒーターの前に戻った祥子に声を掛けた。

「こっち」自分の隣をぽんと叩く。

彼女は湯呑を両手で抱えたまま来ると、直の隣に腰を下ろした。

並んでベッドにもたれていると、祥子が肩に頭を乗せてくる。いつになくしおらしい態度を意外に思いながら、肩を抱き、体を寄り添わせた。

彼女のぬくもりを感じ、別にしなくてもいいな、と思う。ただこうしているだけで、胸のうちに空いた隙間に何か温かいものが流れ込んでくるのを感じる。

リモコンを手に取り、テレビをつけようとして、黒い画面に映った自分たちの姿が目に入った。テレビのフレームに切り取られた仲の良い恋人同士そのままの姿が気恥ずかしくなり、リモコンをオンにした。

自分たちの姿が消え、明るい画面が部屋を照らす。特に観たい番組もなかった。ニュース映像が流れていたのでそのままにした。

ふと気づくと、直の胸に置いた祥子の指が小刻みに動いていた。そのしぐさは、何か思案している時の彼女の癖だ。

「……どうした？」

「うん？」祥子がこちらを見る。

「何かあった？」

彼女は首を傾《かし》げたものの、否定も肯定もしない。いつもの快活さがないのは生理のせいかと思ったが、どうもそれだけではないようだ。

「仕事で何か――」

「ちょっとごめん」

急に半身を起こした祥子が、近くに置いてあったテレビのリモコンを手に取った。ボリュームが上がり、ニュースを読む男性アナウンサーの声が耳に入った。

〈遺体を埋めたと供述した時期からすでに二年以上経過していることもあり、依然男児の遺体は発見されていません……〉

テレビには、どこかの河川敷《かせんじき》でショベルカーが土を掘り返す映像が映し出されていた。祥子は食い入るように画面を見つめている。

「何のニュース？」

「ごめん、ちょっと」祥子が人差し指を唇に当てる。

〈今回の事件は、就学年齢になっても入学手続きがされない男児がいることを不審に思った学校側が家庭訪問をしたことが、発覚のキッカケになりました〉

大阪で、三十代の夫婦が自分たちの子供を虐待死させていたという事件の報道だった。

アナウンサーの原稿を読み上げる声が続く。

〈学校の調査に、当初は「祖父母に預けている」などと言い訳をしていた両容疑者でしたが、祖父母に問い合わせると「孫にはもう数年会っていない」と答えたため、市が警察に通報をしました。警察の追及に、両容疑者は、男児は四歳の頃に死亡しており、遺体を河川敷に埋めたことを認めました〉

「嫌な事件だな。替えていい？」

リモコンを手にした直を、「見てるから」と祥子が制した。

「何で」嫌悪感をにじませ、直は言った。「こんなニュースに興味があるの？」

「きょしょふめいじどう」

「うん？」

彼女が呟いた言葉が聞き取れなかった。

「居所不明児童。居場所が確認できない子供のこと」

祥子は答えて、テレビ画面を指す。

テロップとともに、アナウンサーが解説を始めたところだった。

〈今回の事件の男児のように、住民票などには記載されているのに居場所が分からず、就学が確認できない小中学生のことを「居所不明児童生徒」と言い、文部科学省の調査により全国で計千四百九十一人の児童生徒の所在が確認されていないことが分かりました。原因としては、『多額債務等により転居を繰り返している』『父親の暴力から逃れるため母親が子供を連れて家を出た』などが挙げられています〉

ニュースが次のトピックスに移ったところで、

「実はうちにもいるのよ。居所不明児童」

と言って祥子はテレビを消した。

彼女が関心を持った理由が分かった。祥子は、小学校の教師をしているのだ。勤めてもう十二、三年か。団塊の世代がごそっと抜けて一気に若返った教員陣の中にあっては、すでにベテランの域だろう。今年度からは四年生の学年主任も務《つと》めており、児童だけでなく親や教員仲間からの信頼も厚い。それは、以前食事を共にした席で彼女の同僚たちが口を揃えて言っていたことだった。

「今の事件の子とはちょっと事情が違うんだけど……こんな話、していい？」

「うん」

どうやら彼女の元気がない原因は、その件にあるらしい。直もグラスを置き、話を聞く態勢をとった。

「私のクラスの『さちちゃん』っていう子なんだけどね。今までちゃんと登校してたのに、二学期の終わり頃から急に学校に来なくなって……」

「不登校とかじゃなくて？」

祥子は小さく首を振った。

「連絡もなく?」

「今年になってお父さんから『家の事情でしばらく休ませる』っていう電話があったきり、電話も不通になっちゃって……調べたら、お父さんが連れて一緒に家を出たみたいなの。今どこで何をしてるのか全然分からない」

少しずつ話の輪郭《りんかく》が見えてきた。

「お父さんと二人で行方不明ってこと」

祥子が肯く。

「母親はどうしてるの」

「半年ぐらい前に離婚してるの。親権はお父さんが持ってて」

「母親も行方を知らないわけ」

「お母さんにも連絡がとれなくて」

「警察には?」

祥子は首を振った。

「お父さんが一緒なのは確かみたいだから、学校が勝手に捜索願いを出すわけにもいかないの」

なるほど、担任である彼女が気に病《や》むのも無理はない。だが、同じ「居所不明児童」でもニュースで取り上げられていた件ほど深刻なケースには思えなかった。

「何か事情があるんだろうけど……きっとそのうち戻ってくるよ」

「……そうだね」

祥子はつくったような笑みを浮かべ、立ち上がった。湯呑をキッチンに戻すと、脱いだばかりのコートを手に取る。

「帰るね」

「え、泊まってかないの」

「そう思ったけど……まだ家でやることがちょっとね。それに直も明日、朝早いんでしょ」

「ああ、まあ」

明日は日曜だが、実家に行く用事がある。そのことは彼女にも伝えてあった。

「お父さんと、仲良くね」

彼女の言葉に、直は苦笑を返した。祥子の顔にはいたずらっぽい笑みが残っている。

以前彼女が部屋にいる時に、父から電話が掛かってきたことがあった。電話を切ってから相手が父親だったと知って、祥子はひどく驚いていた。

すごい他人行儀なのね。敬語でしゃべってたよ。

電話で、しかも事務的な用件だったからじゃないか、とその時は答えた。

そうなの？　とても親子の会話とは思えなかったけど。

以来、親の話題が出るときまって祥子は揶揄《やゆ》するようにその件を持ち出す。直の方も「そういう親子なんだよ」とあしらっていた。

玄関に向かう祥子のことを見送ろうと立ち上がった時、彼女が手にしたバッグに目が留まった。何かがいつもと違う……。

少し考えて、ああ、持ち手のところにぶら下がっていたあれがないんだ、と気づいた。センスのいいバッグに不釣り合いな、色あせた小袋。それが今日はぶら下がっていないのだ。

「じゃ、またね」

軽くハグを交《か》わし、体を離す。一瞬、目が合った。祥子の顔に何か言いたげな表情が浮かんだが、すぐにほほ笑みに変わった。

「じゃね」彼女はもう一度言い、出ていった。

ドアが閉まってから、何を言おうとしていたのだろう、と考える。もしかしたら自分と同じことを考えていたのかもしれない。

良かったら明日、一緒に——。

直は、そう口にしかけたのだ。彼女を両親に紹介するまたとない機会なのかもしれないと。だが、寸前で飲み込んだ。今はまだそのタイミングではないと思ったこともあるが、両親に会わせるのはやはり気が重かった。

翌日は、朝から鉛色《なまり》の雲が空を覆っていた。それでなくとも気鬱《きうつ》な思いをさらに増しながら、直はJRと私鉄を乗り継ぎ、法事が執《と》り行われる寺へと向かった。二村家の菩《ぼ》提寺《だいじ》は、埼玉県と東京都の境に位置するダム湖の近くにあり、直も小学生の頃にはよく写生大会などで訪れた場所だった。

　両親とは、寺で直接待ち合わせた。プロ野球のフランチャイズ球場の名が付いた最寄り駅から歩いて五分ほど。奈良時代に建てられたという由緒ある古寺だったが、彼岸《ひがん》でもなければ参拝に訪れる者も少ない。境内《けいだい》に入ると、ゆっくりとした足取りで前を行く二つの黒服の背中がすぐに見つかった。

　足を速めて近づいた。音が聞こえたのか母の範子《のりこ》が振り返った。

「ああ、なおちゃん」

　こちらを一瞥《いちべつ》した父の秀人《ひでと》が、「何だその恰好は」と眉をひそめた。直は、コートの下にジャケットと黒のセーター、下はこげ茶のコットンパンツ、という服装だった。

「平服でいい、って言ったよね」

　直は範子に向かって答えた。

「それは客人に対してだ。身内は黒を着るもんだ。三回忌だぞ」

「いいじゃない、内輪だけだもの」

　範子がとりなすと、秀人は「しょうがない奴だな」と不満そうに前を向いた。せっかちに歩いていくのを苦笑いで見やってから、範子が直の方を向く。

「少し痩《や》せた？」

「変わらないよ」

軽い口調で答え、母に並んだ。自分を見る度に「痩せた」と言うように、会う度に母は縮んでいっているような気がする。もちろん気のせいに違いない。

法要殿には、すでに兄嫁の貴子《たかこ》と、小学六年生になる姪《めい》の聖美《きよみ》が待っていた。二人ともきちんと黒を着ていた。

「ご無沙汰して……」

貴子と挨拶《あいさつ》を交わし、姪には「聖美ちゃん、大きくなったね」と声を掛けた。前髪を気にするようにしていた聖美は、小さく「おはようございます」と返してきた。

しばらくして客もやって来た。「内輪だけ」と範子が言ったように、家族以外の出席者は、兄が師として慕《した》った大学教授と兄弟子に当たる学者、高校と大学時代の友人が二名、という少人数の集《つど》いだった。

時間になり法要殿に入って来たのは、直の知らない若い僧侶だった。聞けば、先代住職の息子だという。直よりは年上だろうが、まだ四十代に見え、髪もふさふさしていた。皆に愛想良く挨拶をした後、厳《おごそ》かに読経《どきよう》を始めた。

読経の間、斜《なな》め後ろに座った聖美が何度も足を組み替える気配が伝わってきた。

「しびれたの？」

小声で訊くと、「うん」と答える。

直が「適当に足崩しても――」と言いかけたのと同時に、

「もう少しで終わるから我慢しなさい」

隣に座った義姉《あね》から、小さいが鋭い声が飛んだ。

焼香が終わると僧侶から短い法話があり、それで法要は終了した。隣の部屋に「お斎《とき》」の膳が用意されていたが、「まだ昼には時間があるので先に墓参をすませましょう」という秀人の言葉で、一同外に出た。

境内から墓地へと続くなだらかな坂を、秀人、範子、貴子に娘の聖美、そして直、客人たち、という順に並んで上った。相変わらず陽は出ないが、風がないせいかさほど寒さは感じない。

その墓は、父が建てたものだった。二村本家の墓は、秀人の実家である長野にある。農家の四男坊だった父は、大学に通うために東京に出てきた時からこちらに骨を埋めるつもりだったらしく、母と結婚して今の家を買うのと同時に近隣に墓地を探し、区画だけ購入しておいたという。もちろん、そこに最初に入るのは自分たちのどちらかだと思っていたに違いない。

墓の後ろに新しい卒塔婆《そとば》を立てた後、手分けをして掃除をした。周囲に落ちた枯草を掃《は》き、墓石を軽く水で清める。持参したスポンジで磨《みが》いた後、空拭きをした。最後に新しい花を供《そな》え、線香をあげる。皆で兄、正人《まさと》の墓前に手を合わせた。

「お兄ちゃん、なおちゃんも来てくれましたよ」

母が小さく言った。

すべての線香が完全に灰になるまで見届けたところで、秀人が「お墓の前で写真を撮りましょうか」と言った。

「私が撮りましょう」

客人の学者がスマートフォンを取り出すのを、「ああ、うちにはカメラマンがいますから」と秀人が制する。

「撮りますよ」

直は手を差し出し、学者からスマホを受け取った。

「何だカメラ持ってきてないのか」

不満そうに秀人が言うのを聞き流し、スマホを構えた。

「はい、並んでください」墓の前に皆が並ぶ。「じゃあ撮りますよ」

フレーミングにだけ注意を払って、シャッターボタンを押した。「写真を撮っている」という気は全くしなかった。

「じゃあ、次、入ってください」

学者が交替しようとしたが、

「ああ、私はいいです」とやんわり断った。「撮られるのは苦手で」

「でも……」

「そろそろ行きましょう。皆さんお腹すいたでしょう」

秀人が声を掛け、皆で寺に戻った。

和《なご》やかに進んでいたお斎の席に不穏な空気が漂ったのは、会食も半ばを過ぎた頃のことだった。

「それは貴子さん、どういうこと？」

母の非難めいた声が耳に届き、振り返った。

強張《こわば》った顔の母に対し、義姉は俯《うつむ》きがちに、しかしきっぱりとした口調で、「すみません、勝手に決めて」と答えていた。

大学教授にビールを注いでいて、直はそこまでの成り行きを耳にしていなかった。

「決めたって、そんな、何の相談もなしに……」

範子が、咎《とが》めるというより困惑した表情で秀人と顔を見合わせている。貴子に近寄り、「どうしたの？」と小声で訊いた。義姉の答えを待つまでもなかった。範子がこちらを向き、

「なおちゃんは知ってたの？」

と尖《とが》った声を向けてきたのだ。

「貴子さんたちが籍を抜くっていう話」

「え？　いや、聞いてないけど」

思わず貴子を見ると、小さくため息をついたのが分かった。

「籍を抜くって……何で？」

「そんなに大げさな話じゃないの」義姉は直に向かって言った。

「『復氏届《ふくしとどけ》』って言ってね、私は元の姓に戻します、っていう届けを出すっていうだけ。

ほら、私は職場でも旧姓のままだったでしょ？　だから戸籍も同じ方が都合がいいの」

「ああ、そういうこと」

直が応えると同時に、

「都合がいいとか軽々しく言うな！」

秀人の強い言葉が飛んだ。

貴子が表情を固くする。ふと見ると、聖美も箸《はし》を止め、俯いていた。

「その話は後でしましょう」直は場をとりなした。「今は法要の席だし」

「……すみません」

貴子が周囲に頭を下げる。秀人も「いや、失礼しました」と客人たちに詫《わ》び、範子も気を取り直したように正人の思い出話などを始めた。

法事が終わると、客たちはタクシーに分乗して帰っていった。

「直くん、今日はわざわざありがとう。近いうちに電話しますね」

声を掛けてきた貴子に、直は、

「気にすることないから、親父たちの言うこと」

と返した。

「うん、分かってる」

「何かできることがあったら言ってくださいね」

「ありがとう。でも大丈夫、直くんには迷惑かけないから」

貴子は聖美を伴い、自家用車が止めてある駐車場へと向かっていった。

直くんには迷惑かけないから。

暗に、どうせ何も力にはなってくれないでしょ、と言われた気がした。

確かに、その通りには違いない。進行性の癌《がん》だと分かってから治療方針を巡《めぐ》って正人が珍しく両親に逆らい、両者の関係が険悪になっていたことを知りながらも、間に入ることができなかった。

いや、しなかった。

そもそも、子供の時分から優等生で、親の意向に沿って教師の道へと進んだ兄とは違い、直は中学生の頃から父とは折り合いが悪く、大学に通っている頃に家を出、その後も一人暮らしを続けていた。正人の病気が分かるまでの十年近く、両親とも兄夫婦とも疎遠《そえん》な生活を送っていたのだ。

客人たちの見送りを終えた範子が、「帰りましょう」と声を掛けてきた。貴子たちと同じように駐車場に向かうのかと思ったら、「駅でタクシー拾うから」と言う。

「あれ、車じゃないの?」

怪訝《けげん》に思って尋ねた。父はずっと国産の軽自動車に乗っていたはずだ。

「タクシーの方が便利だからな」

素っ気《そけ》ない口調で秀人が答えた。母が意味ありげな視線を送ってよこす。事情がありそうだったが、尋ねることはしなかった。

十五分ほどタクシーに揺られ、実家に到着した。貴子たちはこちらには寄らないようだった。

築三十年にもなろうとする二階建てはあちこちにガタが来ていて、玄関のドアを開ける度にきしんだ音がした。踏むと少し沈む床の感触を確かめながら居間に上がると、母が仏壇に向かった。たった今法要をすませて来たばかりだというのに、再び線香をあげ、遺影に向かって手を合わせる。

「ああ、そうだ」

直は思い出してジャケットの内ポケットを探った。実兄の法事にいくら香典を包むべきなのか迷ったが、結局一万円にした。差し出した香典袋を、範子は少し拝むようにして受け取り、香炉《こうろ》の脇に置いた。

「なおちゃんが来てくれましたよ」

先ほどと同じことをまた口にする。

長い間手を合わせていた母は、やがて目を開けると、どこかさっぱりした顔で立ち上がった。

キッチンで範子がガスコンロに火をつけ、茶筒を開ける音が聞こえる。妙に静かだった。しばらく考え、周囲から子供の声が聞こえないせいだと思い当たった。以前は、両隣の家から幼い子供たちが騒ぐ声がひっきりなしに聞こえたはずだ。日曜だから学校は休みのはずなのに。そう思って口にすると、

「もう子供なんていないよ」

秀人が呆れたような声を出した。

「お隣も、坂下さんちのお子さんももう大学生よ」

お茶を運んできながら範子も言う。

考えてみれば当たり前だった。直が家を出てからもう十数年経っているのだ。

「それにしてもあのひねくれもんは」

秀人が湯呑を置いた。ドン、と大きな音が響き、直は顔をしかめた。

「まったく呆れたもんだ」

父親が湯呑を置く時、必ず大きな音をたてるのが昔から嫌だった。

「あんな場所で言い出さなくてもいいのにねえ」範子が応じている。

「こんな近くに住んでるんだから。いつでも話ができるのに」

法事の席での義姉の発言のことだと、ようやく気づいた。

「あんまりこっちに来ないの？　義姉《ねえ》さんたち」

貴子と聖美が暮らすマンションは、正人たちが若くして結婚した時、まだ稼ぎのない二人のために父が実家の近くで売りに出されていた分譲物件を買い与えたものだった。

「この一年ぐらい、全然寄りつきゃしないよ」秀人が言い捨てる。

「それでいて、聖美ちゃんの塾のお迎えに自分が行けない時とか、自分に都合がいい時だけ頼んでくるのよ」範子が、呆れた顔で言い添えた。

「まあ、いいや、あれの話は」

秀人がこちらに顔を向けた。

「お前の方はどうなんだ」

母も同様に直のことを見る。「そうそう、新しい勤め先は見つかった？」

「今は探してない」直は小さく首を振った。「仕事の依頼もボチボチあるし」

勤めていたフォトスタジオが潰れたのは、三カ月ほど前のことだった。記念写真や肖像写真をメインにした小さな写真館だったが、須之内《すのうち》というオーナー兼カメラマンの人柄もあってそれなりに繁盛しており、アシスタントとして入った直も数年前からメインで撮影を任されるようになっていた。

わざわざスタジオで写真を撮るような人は年々少なくなり、似たような店が軒並《のきな》み閉店していく中、それでも何とか営業を維持してきたのだが、一年ほど前、近くに大型店舗ができたことで完全に客を奪われてしまった。店を畳むことを決めた須之内は「二村くんには本当に申し訳ない」と昔からの顧客を回してくれ、今は出張撮影の仕事で何とか食いつないでいた。

「そんな悠長なこと言っててどうする。無職じゃ結婚もできんぞ」

「無職じゃないわよねえ、フリーカメラマンでしょ」

範子の言葉を、秀人は鼻で笑った。

「お前の年じゃ再就職も難しいだろうけどな」

父の言う通りだった。直がスチールカメラマンを志《こころざ》したのは、大学を中退してフリーター生活を数年も経てからのことだ。独立したといってもカメラマンとしてはキャリアが浅く、アシスタントとしてはトウがたっている。雇いづらいのは自覚していた。

「今度、撮った写真見せてみろ」秀人が軽い調子で言った。「どこか雇ってくれるところがないか、俺も心当たりのところ当たってみるから」

その言葉には応えなかった。中学校の教師一筋だった秀人に、写真関係の「心当たり」などあるはずもない。

「生活は大丈夫なの？　少し助けましょうか」

「おいおい、もう三十過ぎだぞ。親のすねをかじってどうする」

秀人が、半笑いを浮かべて言う。

「大丈夫だから」直は短く答えた。

人と話す時に小馬鹿にしたように浮かべるこの「半笑い」も、子供の頃から嫌いだった。

「まあ少しぐらいだったら援助してやるよ」トイレにでも行くのか、秀人が立ち上がりながら言った。

「あんまり当てにされても困るけどな。俺の退職金も、正人の治療費でだいぶ飛んでいったから」

父の姿が部屋から消えたところで、母が「あれでも、心配してるのよ」ととりなすように言った。

直はそれには応えず、「ああいうこと、義姉さんの前でも言ってるの」と尋ねた。

「ああいうこと？」

「退職金がどうしたとか」

「ああ……まあ本当のことだから」

思わずため息が出た。会食の席での義姉の態度にも合点《がてん》がいく気がした。

「兄貴が嫌がってたのを無理やり入院させたんでしょ」

「無理やりだなんて」母が気色《けしき》ばんだ。「貴子さんがそう言ったの？」

直は答えなかった。

「何とかして手を尽くしてあげたいって思うのは当たり前でしょ」

亡くなるひと月ほど前、最後の面会に行った時、兄はナースステーションの向かいの個室で、体にいくつもの管をつけられぼんやりと横たわっていた。直に気づくと、力なく口元を歪《ゆが》ませた。

死に方まで親父に決められちまったよ。

笑っているのか泣いているのか分からない顔だった。

「お父さんの前でそんなこと言わないでよ。そんなこと言ったら、せっかく」

母はそこで言葉を切った。せっかく最近は関係も良好になったのに。そう言いたいのだろう。

「でも、お父さんの言うことも当たってるかもね」

話を変えるように呟いた。

「なおちゃんのことよ。生活が安定しないと、結婚もできないものねえ」

窺《うかが》うようにこちらを見る。

「いないの、そういう人」

無言で首を振ったが、母は構わず、「住むところには困らないからね」と続けた。

「同居するのが嫌だったら、あっちのマンションに住んだっていいんだから。あの調子だと、貴子さんたちもいつまでいるか分からないし」

父がトイレから戻って来たのを機に、「そろそろ帰ります」と腰を上げた。

「もう帰るの？　ご飯食べていかないの」

「ちょっと約束があるから」

いいと言うのに、玄関まで両親揃って見送りに出てきた。

「まあたまには寄れ。お母さんが寂しがってるから」

父の言葉に、隣で母が苦笑していた。

家を出ると、まだ陽は高かった。

駅へと向かう道の両脇には住宅が並んでいるのに、人の気配がほとんどしない。

三十年ほど前、まだ野っぱらだったこの一角に父が念願の一軒家を建てた頃から、周囲に同じような一戸建てが建つようになった。どこにも小さな子供たちがいて、賑やかに辺りを走り回っていたのだが。

もう、そんな年頃の子供はいない。直がそうであるように、彼らは皆成長し、家を出ていったのだろう。残ったのは、老境に入った夫婦ばかりだ。連れ合いを亡くし、一人で大きな家を持て余している年寄りも少なくない。一度出ていった子供たちが結婚して戻って来たという話は、ついぞ聞かなかった。

――いないの、そういう人。

さっき聞いたばかりの母の言葉が蘇《よみがえ》る。無言で首を振ったが、脳裏には昨日アパートの玄関で別れた時の祥子の顔が浮かんでいた。

そういう人――。

祥子と知り合ったのは、近所のカフェ・ギャラリーを借りて初めて開いた個展に、カフェの客だった彼女が寄ってくれた時だった。スタジオに撮影に来た家族の何気ない姿を、個人的に撮りためた作品を展示したものだ。直のことをカフェのオーナーが紹介してくれ、挨拶を交わしたのが初対面だった。

写真のことはよく分かりませんが、とても素敵な作品だと思います。

まんざらお世辞《せじ》とも思えない口調で感想を伝えてくれたのをキッカケに、会話が弾《はず》んだ。しかしその日は結局連絡先を聞くことはできず、悔《く》やんでいたところ、最終日にまた来てくれたのだった。

それからまだ二年足らず。年数は少ないが、今までにない深い付き合いをしている、という自覚があった。「この先」について互いに口にしたことはなかったが、彼女は今年で三十五だ。将来について考えていないはずはなかった。向こうが何も言わないのをいいことに、二人の関係を曖昧《あいまい》にしてきたのは自分の方だ。

道の真ん中で、立ち止まった。

話そう。今すぐ。そう思った。今がそのタイミングなのだ。自分の気持ちを話し、祥子の考えも確かめ、お互い、「それ」でいいのだったら――。

彼女の携帯に電話をした。数回コールが鳴ったところで留守番電話に切り替わった。メッセージは入れず、電話を切った。着信に気づいたら折り返してくるだろうと待ったが、その日祥子から電話が掛かってくることはなかった。

2　空《から》の獣舎

「用事って、お兄さんの法事だったの」

祥子が、意外、という声を出した。

いつもの店で落ち合ってから小一時間ほどが経っていた。昭和の風情《ふぜい》を残した古居酒屋は今日も活気に溢れ、客が入ってくる度に「いらっしゃい！」と威勢《いせい》のいい声が飛ぶ。

彼女と会うのはあの時以来だから、ほぼひと月振りだった。二月に入ってから珍しく出張撮影の仕事が立て続けに入り、祥子の方もテストや学校の行事で忙しかったようで、電話やメールの返信がない日が続いた。それが昨夜突然、『急だけど、明日会えない？ちょっと話したいこともあるし』とメールがあったのだった。

「ああ、言ってなかったっけ」

詳しく説明するのが億劫《おっくう》で、兄の三回忌であることは伝えていなかった。食事をしながら互いの近況を伝え合っている中で、つい口にしてしまったのだった。

「お兄さん、いくつで亡くなったの？」

「えーと……三十一？　いや二になってたか」

「それは早すぎね……」

「飲み物、お代わりする？」

自分の空《から》のジョッキを手に尋ねる。祥子は今日もウーロン茶を頼んでいた。

だがその声が耳に入らなかったように、彼女は「そうか、直のお兄さんっていっても私より年下なのね」などと呟いている。

「何ていうお名前？」

まだその話を続けるのかとげんなりしたが、仕方なく「まさと」と答える。

「まさとさん。正しい人って書くの？」

「そう」

「正人に直……あ、正直《しょうじき》兄弟だ」

祥子は面白がるような顔になる。

「名前つけたのは誰？　お父さん？」

「そうらしいね」

「直人、にしなかったところがお父さんのセンスね。直って一文字。すっきりしてて、真《ま》っ直《す》ぐな感じ——直らしい」

祥子は、今度は本物の笑みを浮かべた。

直は、飲みかけのグラスをテーブルに置いた。ドン、と思いのほか大きな音がして、祥子の顔を窺った。嫌っていた父親の癖なのに、いつの間にか自分も同じことをしている。しかし彼女に気にした素振りはなかった。

「祥子の名前の由来は？」ごまかすように彼女の方へ話を向けた。「祥《しょう》ってどういう意味なの」

「ああ、祥っていう字にはね」

祥子は、どこか嬉しそうな表情で答えた。

「おめでたいこと、とか幸せ、とかいう意味があるの。『さちこ』って読ませる人も多いかな」

「それこそいい名前じゃないか。誰がつけたの」

一瞬、間があった。祥子は直のことを見つめると、

「お母さん」

と言った。

「ふーん、祥子のお母さんこそセンスあるじゃない」

直が言うと、彼女の顔に誇《ほこ》らしげな表情が浮かんだ。

直と同様に、祥子も自分の家族のことをあまり話さなかった。一人っ子であること。両親は群馬に住んでおり、悠々自適の年金暮らし、ということだけ出会ってしばらくした頃に聞いたぐらいだ。あまり話したくないのだろうと思っていたが、今の反応を見ればそうでもないようだ。

「『しょう』は『さち』なのか……」

呟いて、ふと思い出した。

「そう言えば、いつか話していた子も『さちちゃん』じゃなかった？」

行方不明——「居所不明児童」になってしまった祥子の教え子。

「うん。あの子は、糸偏に少ないの『紗』に、知るに日って書く『智』で、『紗智《さち》』

「今の子は難しい字を使うよな。意味より画数とか見た目なんだろうな」

「そうね」

「どうなった？　その後」

もしかしたら「話したいこと」とはそのことかと、話を向けてみた。

祥子は、表情を曇らせ、首を振った。

「まだ何も分からず？」

祥子は無言で肯く。

「案外、今頃、家に帰ってるんじゃないか？　なんか事情があって学校には来ないだけで」

直の言葉に、祥子は力なく首を振った。

「昨日も見に行ったもの。ずっと帰ってない……」

父親の電話が不通になってからも、祥子は何度も電話を掛け、家にもたびたび行ったという。自宅アパートのポストには、ダイレクトメールやチラシが溢れていた。ただごとではないと判断した祥子は教務主任に事情を話し、警察に相談するか、少なくともアパートの管理人に連絡して部屋を開けてもらおうと何度も訴えた。

　今月に入ってようやく校長も交えた話し合いの場が設けられ、どう対処すべきか検討されたものの、教頭も教務主任も、家出だったら心配だが父親も一緒ならば問題ないのではないか、という意見だった。いずれにしても、家の鍵を開けさせたり、子供の捜索願いを出す権限は学校にはない、というのが彼らの言い分だった。皆の意見を一通り聞いてから、校長が結論とも言えぬ結論を口にした。

　もう少し、様子を見ましょう。

　それからも祥子は毎日、栢本伸雄《かやもとのぶお》という紗智の父親の携帯電話を鳴らし、学校の帰りに自宅へ立ち寄っているが、二月も半ばを過ぎた今になってもポストの様子はそのままで、誰かが戻って来た気配はない。何回か行くうちに両隣の住人にも会えたが、両者とも「ここしばらく、お父さんも娘さんも見かけない」ということだった。

「──嫌なことは考えたくなかったけど」

　祥子は、きれいに整った眉根を寄せた。

「窓に顔を近づけて、中の匂いを嗅《か》いでみたりもしたの」

「匂い？」

　問い返そうとしたところで、意味が分かった。

　部屋の中で倒れている少女と父親。すでに二人の体は強い臭気《しゅうき》を発するほど──。

直の顔も思わず歪んだ。「それで?」

祥子は首を振った。「変な臭いはしなかった」

それきり、祥子は口をつぐんだ。

「まあ、それは心配だろうけど……お父さんと一緒なのは間違いないんだろ」

つい、突き放した言い方になってしまう。一瞬でも嫌な想像をしてしまったことで、不快な気分が残っていた。

「……たぶん」

「だったら大丈夫だろ。心配しすぎなんだよ祥子は」

言ってから、自分の口元に「半笑い」が浮かんでいるのに気づいて慌てて真顔をつくった。

「どっちにしても親の責任だよ。教師が責任を感じることじゃない」

祥子はその言葉に肯くことはしなかった。

視線を落とし、

「紗智ちゃんのことなんか、もうみんな忘れちゃったみたい」

とポツリ呟く。

「まだ一応クラスに席はあるけど、最近じゃもう誰も紗智ちゃんのことを口にしないの……」

教室の中、ぽっかりと空いた一つの席が頭に浮かんだ。周りではクラスの子たちが楽しげな声を上げている。誰もその不在を気にする者はいない。四月になって年度が替われば、机と椅子も片づけられてしまうのだろう。次第に、皆の記憶からも薄れていく。最初からそんな子などいなかったかのように――。

「こちら、お下げしていいですかぁ」

耳元で声が聞こえ、顔を向けた。若い女性の店員がトレイを手に立っている。テーブルの上の皿はあらかた空になっていた。片づけながら店員が「他にご注文はございますかぁ」と訊いてくる。気づけば、入った時にはまだ空席のあった店内もすでに満席になっていた。周囲の声も賑やかで、あまり落ち着ける雰囲気ではなかった。

「ああ、もういいです」と答えると、「ありがとうございましたぁ」店員は大きな声を上げて去っていく。

「『話』があるんだよな」

伝票を摑み、腰を浮かした。祥子の話がどんなことかは分からないが、自分の方にも〈話〉はある。

「部屋に行って話そうか」とジャンパーを手に取る。

「ああ……」祥子は思い出したように、「今日はここで帰るから。今しなきゃね」と言った。

「帰るの？」浮かした腰を落とす。

「うん」

「何で？」

祥子はそれには答えず、「話っていうのはね」と口にした。

「妊娠したみたいなの」

まるで天気の話でもしているような、何でもない言い方だった。

「ちょっと何を……」

反射的に口の端が上がった。笑おうとして祥子の顔を見た瞬間、笑みは凍った。

祥子は固い表情で直のことを見つめている。

「……生理がないってこと？」

後ろの席から大きな笑い声が上がった。思わず振り返る。こちらの声が聞こえる距離ではない。学生らしき四人組は直のことなど一瞥《いちべつ》もせず、楽しそうに笑い転げていた。

顔を戻すと、祥子が、

「病院に行って、調べてもらったの」

と淡々とした口調で言った。

「エコーをとってもらった。最初に行った時は胎嚢《たいのう》しか見えなかったけど、一昨日《おととい》もう一度診てもらったら、心拍も確認できるって。今、九週目に入ったところ」

一瞬にして頭の中が真っ白になった。

でも──まさか、そんな。だって──いつもきちんと避妊をしていたはずだ。思ったそばから、いや、でもあの時、と記憶が蘇った。

二カ月ほど前のことだ。両親と法事のことで話した夜、祥子と会った。会う前から酒が入っていた。その後も飲み、かなり酔ってから、部屋に戻って体を重ねた。いつもだったら途中からでも避妊具をつけるのだが、そのまま快楽に身を委《ゆだ》ねてしまった。普段は気にする「安全日」についても思いが巡らなかった。最後は外に放出したつもりだったが、完全にできたかと言われれば自信はない。自分でも多少の不安があったからそのことを覚えているのだ。

可能性があるとしたらその時しかない。九週目と言ったか。計算は合う気がした。でも、たった一回で？

祥子を見た。目が合った。彼女が言った。

「嘘じゃないから」

「……分かってる」

直は、かろうじて肯いた。

嘘じゃない。祥子は妊娠した。――自分の子だ。

自分の愚かさを呪った。なぜ油断した。なぜ。

「驚かせてごめんね」

祥子はそこで無理やり口角を上げた。しかし頰《ほお》は強張り、笑みにはならない。

「でも心配しなくて大丈夫。迷惑はかけないから」

「じゃあ――」

続く直の言葉を制するように、祥子は首を振った。

「堕《お》ろさない。子供は、産む」

きっぱりとした口調で、続けた。

「たとえシングルマザーになっても、この子は、産むから」

しばらく沈黙の時間が流れた。

「行きましょうか」おもむろに祥子が立ち上がり、少し遅れて直も席を立った。レジに向かいかけて、ああ伝票、と戻ろうとしたが、手にそれを摑んでいるのに気づき、再び踵《きびす》を返す。右往左往する直の姿を、祥子はレジの前に佇み、何も言わずに見ていた。

店を出ると、祥子はこちらに向き直り、「じゃあ」と告げた。何か言わなくては、と思う。このまま別れていいわけがない。

「祥子の気持ちは分かった」でも、と言いかけて、飲み込んだ。「ちゃんと話し合おう」

祥子は口元を歪めた。

「何を話し合うの？　直の気持ちも決まってるでしょ？」

絶句した彼を見て、祥子は俯き、小さく「ごめん」と呟いた。

「今日は帰る。少し時間を置きましょう」

「いや、でも」

「大丈夫」祥子が言った。「私は大丈夫だから」

何度も繰り返されるその言葉に、直は悟った。

彼女はすでに「決めている」のだ。これは、「相談」ではないのだ。

「また連絡する」

ひらひらと手を振り、祥子は駅の方へと歩いていった。

後ろ姿を見送りながら、いつから、と直は思った。

彼女はいつから気づいていたのだろう。

俺が子供を欲していないことを――。


寝返りを打つと、湿ったシャツがまつわり付いてきた。冬だというのに寝汗をかいたようだ。ベッドの上でシャツを脱ぐと、一瞬にして体が冷える。直は毛布にくるまったまま、着替えを探した。

昨夜はアパートに帰ってから一睡もできず、ようやくうつらうつらしたのが朝方の四時か五時頃。今時計を見れば、もう昼を過ぎていた。外からは、道路工事でもしているのかガガガガという耳障りな音が聞こえた。

今日は仕事の予定はない。野上《のがみ》という知り合いのカメラマンが新宿で個展を開いていて、初日はパーティがあるからと誘われていた。行けば顔が広くなるのは分かっていたが、腰を上げる気にはなれなかった。

シャツを着ながら、今頃祥子はどうしているだろう、と考える。学校で授業中か。教壇に立つ彼女の姿を思い浮かべる。いつものようにすらっとした体型。昨日会った時にはお腹の膨《ふく》らみなど感じなかった。だがそこには今――。

息苦しさを感じて、カーテン代わりの暗幕を開けた。空気を入れ替えようと窓にも手を掛けたが、激しい工事のドリル音が飛び込んできてすぐに閉めた。机の前に座り、場所をとっている写真の焼き付け機を脇に寄せた。代わりにノートパソコンを置き、インターネットに繋げる。今できることといったら、少しでも「それ」について知ることぐらいだった。

「妊娠」と打ってから、少し迷って「中絶」と付け加えた。罪悪感に負けそうになるが、実行キーを押した。

〈人工妊娠中絶――人工的な手段を用いて意図的に妊娠を中絶させ、胎児を殺すことを指す、妊娠中絶の一分類を言う。刑法では堕胎《だたい》と言う〉

いきなり目に飛び込んできた「殺す」「刑法」という文字に怯《ひる》んだ。

中絶とは赤ん坊を「殺す」ことなのだ――。

パソコンを閉じたくなったが、こらえてその先に目を通した。中絶はいつ頃まで可能なのか知りたかった。

〈日本の法律では、妊娠二十二週〇日を過ぎた場合、いかなる理由があっても中絶はできません。人工妊娠中絶ができるリミットは二十一週六日までです〉

という記述を見つけた。二十一週か、と安堵《あんど》しかけたところで、続く一文にハッとした。

〈人工妊娠中絶の約九十五パーセントが妊娠初期（十一週以前）に行われています〉

十一週。もう二週間しかない。思った途端、鼓動《こどう》が激しくなった。何かの間違いではないのか。お腹が膨らみはじめて初めて妊娠に気づき、慌てて堕ろすという話をよく聞くではないか。祥子はまだそんな段階ではないはずだ。

試しに、「胎児　九週」と打って検索してみる。出てきた中に、「胎児の超音波写真」というものがあった。クリックしてみると、時期別に胎児のエコー写真が掲載されたサイトだった。スクロールして「妊娠九週の胎児」の写真に目をやった。

何となく人の形になっている。解説文を読んだ。

〈運動も活発になってきて、上下肢を盛んに動かし〉

思わず画面から目を背けた。生きているのだ。もう「人」なのだ。

直は、パソコンを閉じた。工事音は相変わらず止まない。

なぜ。身勝手な言い分だとは知りながら、思わずにはいられない。なぜもっと早く言ってくれなかったのか——。


その日の夕方、直は新宿のはずれにある喫茶店にいた。最近はどこもチェーンのカフェばかりになったが、最近オープンしたこの店は二十四時間営業が売りの純喫茶だった。店に入ると、挽きたてのコーヒーの香りが漂ってくる。中途半端な時間なのか、広い店内に客はまばらだった。

窓際の席をとり、飲み物を頼んでからさほど待つこともなく、似合わぬスーツ姿の森久保が現れた。彼は結婚を機に、ＯＡ機器の営業マンの職を得ていた。

「悪いな、仕事で疲れてるのに」腰を浮かして軽く詫びる。

「いや、今日は思ったより早く終わったから」

友人は向かいに腰を下ろし、同じくコーヒーを注文する。本当は一杯付き合ってほしかったのだが、「今日は香織が夕方から出かけるので早く帰らなくちゃならない」と言われ、仕方なく喫茶店での待ち合わせになったのだ。飲みたいならうちに来いよ、とも言われたのだが、とてもあの部屋で打ち明けられる話ではなかった。

とはいえ、やはり素面《しらふ》では切り出しにくい。コーヒーを飲みながらどうでもいいような話を続けた挙句《あげく》、じれた森久保に「で、何の用なんだよ、もうあんまり時間ないぞ」と急《せ》かされ、ようやく祥子のことを話した。

「……なるほどね」

最後まで聞き終えた友人は、さして驚いた表情も見せず呟いた。

「やっぱうちに来ないで良かったよ。お前、この話、香織の前でしたら殺されるぞ」

物騒《ぶっそう》なことを口にしてから、妻の口調を真似る。

「避妊もしないでやっておいて何が子供がほしくないだぁ？　身勝手もいい加減にしろ、無責任にもほどがある。彼女と結婚して責任をとれ、お前に他の選択肢などなぁい！」

「おい、声がでかい！」直は慌てて周囲を見回した。

「誰も聞いてやしないよ」

確かに席は空いていて、二人の会話が聞こえる範囲に他の客はいなかった。

友人は大儀そうに椅子にもたれると、「結婚したいとは思ってたんだろう？　その彼女と」と訊いてきた。

直は肯いた。昨日は、自分からその話を切り出すつもりだったのだ。

「じゃ、いいじゃないか。できちゃったもんは仕方ない、産んでもらって、結婚しろ」

直はため息を返した。そう簡単にいかないから相談しているのだ。

「子供はほしくない、って思ってるならもっと早く伝えておかなきゃな」友人は厳しい口調で言った。「そして避妊は完全にしろ。それをしなかったのはお前の責任だ」

正論だ。全くもってその通り。反論の余地はなかった。

「じゃなかったら正直に言うか？」友人が口調を変える。「君のことは好きだし結婚はしたいと思っているけど、子供はほしくない、堕ろしてほしいって」

確かにそれが正直な気持ちだった。だが、そう言っても解決しないのだ。

「彼女は、一人でも産むって言ってるんだ」

「うーん」森久保が小さく唸《うな》った。「でも、本気で言ってるかどうかは分かんないな」

「……そうかな」

「ひと月前に会った時は何も言ってなかった、って言ってたよな」

「うん」

「でも、なんかふさぎ込んでた。酒も飲まなかった」

そう、紗智という「居所不明児童」のことで悩んでいるのだと思っていたが、違った。いやそれもあるかもしれないが、あの時すでに彼女は妊娠の可能性を感じて思い煩《わずら》っていたのだ。自分が思い当たったように、ひと月ほど前の行為を思い起こしたに違いない。その後、ひそかに確かめたのだろう。最初は市販の検査薬で。そして陽性反応が出る。メールの返事が来なかった時期と重なる。祥子の性格を思えば、会えば素知らぬ顔はできなかっただろう。だから会えなかった。会わずに一人悩んでいたのか。

いや、「待っていた」のかもしれない、と思い直す。後戻りのできない時期が来るのを。「最初は胎嚢だけしか見えなかった」と言っていた。さっき見たエコー写真によれば、それは五週目ぐらいだ。まだ早い。九週目に入り、「心拍が確認できる」ところまでいって初めて、告げると決めたのだ。

「本当に一人でも『産む』って決めてたら」森久保が疑うように口にした。「もっと後に言ったんじゃないか?」

「もっと後?」

「ああ。もう堕ろせない時期になってから。今だったらまだ、ギリギリ間に合うからな」

確かに、と思う。「もう二週間しかない」と考えていたが、「まだ二週間ある」とも言える。リミットぎりぎりまで考えればさらに猶予は延びる。

「彼女も迷ってるんじゃないか」友人が続けた。「お前が堕ろしてほしいって言ったら、案外素直にそうするかもしれない」

いや——。妊娠を告げた時の祥子の顔を思い出す。

——たとえシングルマザーになっても、この子は、産むから。

彼女は、産むだろう。たとえ一人でも。あの時の表情、声を聞けば分かる。

そう告げると、友人はあっさりと「じゃあ産んでもらえよ」と最初の言《げん》に戻った。

「そんで、結婚しろ。子供が生まれれば、気持ちも変わるよ」

やはりそういうことになるのか……。黙ってしまった直を見て、

「まあお前の気持ちも分かるけどな」

森久保が慰めるように言った。

「俺も前はそうだったから」

彼も学生時代は「子供なんか絶対つくらねえ」と宣言していたのだ。

「お前は、いつ、子供をつくろうと決めた？」

森久保を呼び出したのは、それを聞きたかったからというのもあった。

「いつって……結婚したからな。そん時はもうしょうがないなって」

「しょうがないって？」

「結婚するってのは、つまりそういうことだろ」

「結婚するっていうのは子供をつくることなのか？」

「ていうか……家族をつくるってことだろ」

「二人でも家族じゃないのか。子供がいない夫婦だっているだろ。それは家族じゃないのか」

「そりゃ家族だけど……おい」森久保はむすっとした顔になった。「相談に乗ってやってるのに逆ギレか？」

「……いや、すまん」

友人は「まあいいけど」と再び椅子にもたれた。

「実際に子供が生まれたら変わるよ、お前も」

「変わったか」

「え？」

「お前は、変わったのか」

「……そうだな」少し考えるようにしてから、「変わったんだと思うよ」とあまり感情のこもらない声で言った。

そしてごまかすように、「とにかく、産んでもらえ、オヤジになれ」とはやすように続けた。

「そんな簡単に——」

「そんな簡単にできるもんなんだよ、子供っていうのは」

友人が軽く言い捨てた言葉が、しかしずっしり重く胸に響いた。

　森久保が去った後も、何となく腰が上がらず、直はまだ店に残っていた。コーヒーのお代わりを頼んでぼんやりと外を眺める。街はもうすっかり陽が落ち、夜の顔を見せている。繁華街からは少し離れているとはいえ、飲食店の多いこの近辺にも賑やかな若者たちの姿が増え始めていた。

　小料理屋風の店先から、調理用の白衣を着た若い男が二人、空の台車を引きながら現れるのが見えた。まだ開店前なのか、一人の男がふざけて荷台に乗り、もう一人が笑いながらそれを押していた。ああそんなことをしていると怒られるぞと思っていると、案《あん》の定《じょう》店の戸が開き、年配の店員が顔を出して怒鳴っている。慌てて立ち上がろうとした荷台の男がひっくり返ってしまい、起き上がるのが先か謝るのが先かあたふたしていた。その滑稽《こっけい》な姿に、思わず吹き出してしまう。

　店員たちが店の中に消えた頃、一見して七十は越えている年老いたカップルが、寒風の中肩を寄せ合い、歩いてくるのが見えた。おそらく夫婦だろう。行きかう若者たちの中に混じってひときわ小さなその姿は、かなり目立つ。夫の手をしっかりと握りしめ、同じペースで歩くためにちょこまかと足を動かす老婦人の様子が何ともほほ笑ましかった。

　老婦人の方が何か話しかけ、夫が肯いている。表情までは見えないが、楽しげな様子だった。きっとどこかで良い時間を過ごしてきたに違いない。

　あんなふうになれたらいいな。ふと思う。

年をとっても、あんなふうに、二人仲良く。

年老いた自分の傍《かたわ》らに寄り添う、同じように年を重ねた祥子の姿が思い浮かんだ。

――二人でも家族じゃないのか。

森久保との言い合いめいたやりとりの中で咄嗟《とっさ》に出た言葉ではあったが、直は今、それを実感していた。そうだ、二人だって家族だ。あの二人みたいに夫婦で寄り添い、一生を共にすればそれは立派な家族じゃないか。

祥子に言おう。きっと彼女も分かってくれる。そう思えたことでようやく腰を上げる気持ちになり、レシートを手にレジへと向かった。

祥子に電話をするには、まだ少し早い時間だった。少しだけ気持ちが晴れたのも手伝って、時間つぶしに野上の個展に足を運ぶことにした。

路地に面した雑居ビルの二階のギャラリーでは、ちょうどオープニング・パーティが開かれていた。野上は歓迎してくれたが、彼と挨拶を交わした後は誰も知る者のいないパーティの席でぽつねんとすることになった。

狭いギャラリーに二十人ほどの男女が立ったまま談笑していた。写真関係者というより野上の個人的な知り合いが多いようだった。他にすることもなく、直は一通り見た展示写真をもう一度端から眺めていった。

「動物のいない動物園」というタイトルで、空の檻《おり》やがらんとした獣舎《じゅうしゃ》の写真が並んでいた。順番に眺めていると、そこにいるべき動物がいないというだけでなく、すべての生物が死に絶えた世界が映し出されているようで、不安な気分になってくる。

野上の「作品」を観るのは初めてだった。スタジオのオーナーだった須之内を通して助手を頼まれたことが二度ほどあったが、その時は展示会のブース撮影だったこともあり、手際の良さと生真面目な仕事振りだけが印象に残った。こういう写真を撮る人だったのか、と意外な思いにかられながら見ていると、

「どう思います？」

突然声を掛けられた。

ツイードのジャケットにニットを合わせ、ハーフリムのメガネをかけた五十代ほどの男性が隣に立ち、直が眺めていた写真に視線を投げかけていた。

「……独特の世界観だなあ、と」

うまい表現ができずにそう答えると、

「芸術を気取っているだけですよ、こんなの」

男は見下したように言って、「大きな声じゃ言えないですけどね」とニヤッと笑ってみせた。直は曖昧《あいまい》な笑みだけを返した。

男は続けて、「野上とはどういう？」と尋ねてくる。

「以前、須之内さんのところで働いていて」

男は「ああ」と応えたものの、分かったようには見えなかった。

「僕は野上とは写真学校の同期で。澤田《さわだ》といいます」

ということはこの男もカメラマンなのか。澤田は、ネクタイこそ締めていないものの、クリエイターというより有能な実業家、という風情だった。

「二村です」

直が名乗ると、澤田は「よろしく」と笑みを浮かべ、辺りを見回した。

「退屈でしょう」

直は首を振り、「知り合いがあまりいないもので」と当たり障りのない答えをする。

「二村さんはどんな写真を？」

「スタジオではポートレートが中心でしたけど、今は店のインテリアでも商品撮影《ぶつどり》でも何でもやります」

「ポートレートっていうのは子供さんとかも？」

「ええ、まあ。スタジオは閉めたので今は出張撮影ですけど」

「そうですか……」

澤田はちょっと考えるようなしぐさを見せてから、「今度、良かったら作品見せてください」と名刺を取り出した。

「ちょうど若い人を探してるところなんです」

直も慌ててポケットを探る。財布の中からよれていなさそうな一枚を探し、交換をする。

「二村直さん……今度連絡しますので」

直の名刺をしげしげと眺めながらの口調は、社交辞令でもなさそうだった。澤田の名刺には肩書がなく、ただ名前と連絡先が記されてあった。

そこに、「ごめんね、二村くん、すっかりほっといて」と野上が近寄ってきた。

澤田と一緒にいるのに気づき、「あれ？　知り合いだった？」と不思議そうな顔をする。

「今知り合いになったとこ」澤田が答えた。

「あ、そう。彼は俺なんかと違っていい写真撮るから。なんかあったらよろしく頼むよ」

「野上が言うんだったら間違いないな」澤田はにこやかに応える。

「澤田は、口は悪いけど、見る目は確かだから」野上は、当の相手がたった今自分の作品を腐《くさ》したことも知らずに直に笑いかけた。

「じゃあ、俺はこれで」澤田が手を挙げた。「二村くんも、また」

「はい、失礼します」

澤田の姿が見えなくなったところで、直は「澤田さんはカメラマンじゃないんですか」と尋ねた。

「とっくにやめたよ。今はコーディネーターみたいなもんだな。顔は広いけど、あいつはあまりお勧めしないな。他にもっといい奴紹介するよ、こっちおいでよ」

野上に促《うなが》され、直は招待客たちの談笑の輪に加わった。

パーティの後に野上とその仲間数人とで近くの居酒屋に行き、アパートに戻った時には十時を過ぎていた。

野上の友人たちは酔うにつれ、その場にいない仲間のことを悪しざまに口にし、自分たちはああいう仕事はしない、腕は売っても魂は売らない、と口を揃《あ》えた。正直、あまり愉快な時間ではなかった。

直は、携帯電話を手にした。祥子に電話をしなければ――。だが、いざ彼女の番号を呼び出そうとすると、再び弱気に襲われた。

何と言えばいいのだ？

喫茶店から見た老夫婦の姿を頭に浮かべ、言おうとしていた言葉を呼び戻す。

子供がいなくたっていいじゃないか。二人だけだって、家族にはなれる。

――いや、そんな言葉に、祥子が肯くはずがない。彼女のお腹の中には、すでに子供がいるのだ。

なぜ？　彼女は問うだろう。

なぜあなたはそんなに子供がほしくないの？

なぜ？

どう考えても彼女が納得できるような理由を見つけられなかった。

結局、携帯電話をベッドの上に放り投げた。

気を紛らわそうとテレビをつける。バラエティ番組の賑やかな笑い声が聞こえ、チャンネルを替える。ニュース番組が映った。アナウンサーの背後には、古びたアパートの外観が映し出されている。

〈神奈川県厚木市のアパートの一室で男児と見られる白骨遺体が見つかった事件で、厚木署は父親のトラック運転手を保護責任者遺棄致死の容疑で逮捕しました。逮捕容疑は、食事や水を十分に与えず、息子を衰弱させて……〉

またか。思わずその言葉が口をつく。いつか祥子と見たニュースで「居所不明児童」が取り上げられたのをきっかけに、全国で同じような事件が発覚していた。この事件も、死後数年も経って「中学生になるはずの男の子の所在が分からない」という自治体からの通報により、明るみに出たものらしかった。

アナウンサーの声が続いていた。

〈父親が男児の生きている姿を最後に見た時には、自分で立ち上がったりおにぎりやパンの袋を開けたりすることができないほど衰弱していた、ということです。か細い声で「パパ、パパ」とすがってくるのが怖くなり、すぐに家を出た、と供述しています。その後は一度もアパートに戻らず……〉

なぜ？　と直は自問する。

なぜみんな、そんなに簡単に子供をつくろうなんて思うのだろう。

自分が遊ぶのに夢中で我が子をほったらかし、死なせてしまう母親。生まれた子を持て余し餓《が》死《し》させる父親。みんな同じだ。子育てなどできるはずもないような連中が、簡単に子供をつくる。

子供を産み、育てることに、畏《おそ》れなどないのだ。

子供ができれば自動的に「親」になれると信じているのだ。

自分は、そう思えない。

理由なんてない。ただ思えないだけだ。それではいけないのか――。

ニュースはいつの間にか終わっていた。テレビを消すと、真っ暗な画面にすねた子供のような自分の顔が映った。

3　SOS

それから数日は、妙に慌ただしい日々になった。最初の電話は義姉の貴子からだった。マンションを引き払うことにして部屋を整理しているのだが、正人の残した書籍などを形見分けとしてもらってくれないかと言う。さしてほしいものでもなかったが、断るのも悪い気がして、まとめて送ってもらうことにした。

話のついでに、「マンションを出て、どこに住むの？」と尋ねた。

「とりあえず、学校の近くにアパートを借りたの。その後は公営住宅にでも気長に応募してみるつもり」

貴子は都内の私立高校で英語の教師をしていた。聖美も都内の私立中学に進学すると言っていたから、確かにその方が交通の便は良いのだろう。

「引っ越しの準備はもう？」

「大体終わった」

「いつ頃？」

「来月には」

そんなに早く、と少し驚いた。母たちの勘は当たっていたのだ。三回忌が終わったら籍を抜き、マンションを出る。ずいぶん前から計画していたのだろう。

「それから、籍の件だけど」貴子が言った。「聖美はしばらく二村《にむら》姓のままにしておくことにした。一緒に籍を移すのは結構面倒だし。もう少し経ってから、あの子が自分で選べばいいと思うから」

「ああ、そういうこと……」

貴子はともかく、聖美が今のままであれば両親は安心するだろう。両者をとりなす必要がなくなったことに、少し安堵した。

「じゃあ」と電話を切ろうとすると、「あ、ちょっと待って」と貴子が言う。

「実は、もう一つ話があって」

「何？」

「私の知り合いにね、いい人がいるんだけど。直くん、一度会わないかな、って思って」

「え？」

「同僚の妹さんなんだけど、一緒にご飯食べたことがあって、可愛い子なの。市役所に勤めてて、今はお付き合いしている人はいないらしいのね。誰かいい人いないかって言われた時、あ、直くんいいんじゃないかなって――」

「ちょっと義姉さん」

止めようとしても、義姉は構わず続ける。「年は三十少し手前ぐらいかな。ね、会うだけでも一度会ってみない？」

「いや。ほんとに」相手に見えるわけもないのに、大きく手を振った。「すみません、そういうのは」

「お見合いみたいで嫌？」

「嫌っていうか……」

理由をくどくど説明するのが面倒になって、「いないわけじゃないんで」と言ってしまった。

「うん？」

「そういう相手が、いないわけじゃないから」

「——ああ、そうなの」

残念がるかと思ったら、電話の向こうから、「良かった」という声が聞こえた。

「え？」

「あ、今の話は残念だったけど、でも直くんにそういう人がいるって分かって、安心した」

「……何で？」

貴子はそれには答えず、「そういうことなら、今の話は忘れて」と言った。

「どうしてもっていう話でもないから」

最初の熱心さの割には、あっさりと引き下がる。

「分かりました。じゃあ……」

電話を切る前に、念のために一言添えた。

「今の件、おふくろたちには言わないでくださいね」

「あら何で？」

「いろいろ面倒でしょ」

「ああ」貴子は答えてから、「でも本当に良かった。直くんが選んだ女性ならきっといい人ね。お義母さんたちも安心するわ」

明るい声で言って、電話を切った。


翌日、母から電話があり、「ちょっと用事があるから来れないか」と実家に呼ばれた。いつもだったら忙しいからと断っていたが、渋りながらも出かけたのは、一人アパートの部屋にいるのがいたたまれなかったからに違いない。何かをしていれば、とりあえず動いていれば祥子のことを、そのお腹の子のことを考えなくてすむ。

また義姉たちのことで愚痴《ぐち》を聞かされるのだろうと覚悟していたが、直を迎えた両親は、妙に機嫌《きげん》が良かった。

「義姉さんたちの籍の件ね、聖美はそのままだって」

居間に迎えられると、二人が気にしているはずの件をまず告げた。

だが両親とも、「ああ、そうだってね」とさして関心のない風情だ。怪訝に思っていると、範子がニコニコして言った。

「貴子さんから聞いたわよ。約束した人がいるんですって？」

「え……」

心の中で舌打ちをした。親には言わないでと釘《くぎ》を刺したはずなのに。

「誤解だよ、約束したとかそういうことじゃないんだ」

「でもお付き合いはしてるんでしょ？」

「うん、まあ……」さすがにそれまでは否定できない。

「ね、お母さん会いたい」範子が身を乗り出した。「なおちゃんがお付き合いしてる人、一度も会ったことがないもの」

「そうだな、一度連れてこい」秀人までが相好を崩している。「直のガールフレンドなんて、中学の時の涼子ちゃんぐらいだ」

「ああ、涼子ちゃん、あの子可愛かったわねぇ」

そんな古い話を持ち出して、二人でけらけらと笑っている。

啞然《あぜん》とした。息子に付き合っている女性がいるというぐらいで、何がそんなに嬉しいのか。

「マンション、売ることにしたからな」

秀人が急に話題を変えた。貴子たちが住んでいる部屋のことを言っているらしい。

「ああ、そうですか」直には関係のない話だった。

「どれぐらいで売れるかは分からんけど、その金はそっくりお前にやるから。こっちで何か商売でも始めたらどうだ。片手間にカメラマンなんてやってたってしょうがないだろう」

思わず秀人の顔を見た。父は真顔だった。皮肉でも何でもない、本人は厚意で言っているつもりなのだ。そう思うと、言葉を返す気にもならなかった。もちろん、そんな金など受け取る気はなかった。

「お墓のことも今度訊かなきゃって思ってたのよ」

母はそんなことも口にした。

「あのお墓を守ってくれるのは、なおちゃんたちしかいないものね」

今は一人しか眠っていないあの墓に、やがて自分たちも入るであろうことを二人は少しも疑ってはいない。そして自分たちの行為を受け継いでいくのが、なおちゃんたち――直とその妻、子であることも。

「永島さんのところは永代供養《えいたいくよう》にしたんですって。あそこもほら、お嬢ちゃんだけでしょう。それも寂しいものねえ」

そうしみじみと呟いていた。その「寂しさ」を、不安を、直は共有できなかった。

「ちょっと待ってね」

母がふいに立ち上がり、簞笥《たんす》のところに行って何やらゴソゴソやっている。戻ってく

ると、

「見て」

と、小さな箱を差し出した。ジュエリーケースのようだった。目で促され、開けてみる。小さな指輪が一つ、鈍《にぶ》い光を放っていた。

「何、これ？」

少し色はくすんではいたが、指輪の価値など分からない直の目にも、高価なものに映った。

「貴子さんから返してもらったの」

「返して？　どういうこと？」

「これはね、お祖母《ばあ》ちゃん――お父さんのお母さんからね、結婚のお祝いにお母さんがいただいたものなの。正人が結婚した時、サイズ直しして貴子さんにあげたの。でも、もう籍も抜くし、マンションも出るっていうしね……だから返してもらったの」

「返してもらってどうするの」

母が、嬉しそうに言った。

「なおちゃんのお嫁さんにあげようと思って」

横から秀人が言い添える。

「二村家の嫁の証《あかし》、だ」

「これからお世話になるんだもの。これぐらいは、ねえ」

無邪気《むじゃき》と言っていいほどの笑みを浮かべ、母はそう言った。

澤田から「仕事の話で相談があるので事務所に来ないか」という連絡があったのは、翌日のことだった。

野上の言葉を思い出し少し迷ったが、結局は誘いを受けることにした。出張撮影の仕事は途切れ、新しい仕事の依頼はない。何らかの形で収入を得る方法を探さなければならなかった。

澤田の事務所は、青山の一等地にあった。飲食店に挟まれたスペースが路地になっており、短い階段を上がると両脇に低層の建物が並んでいる。その一角にある、つくりは古いがかえってそれがモダンな印象を与えるマンションの一室を訪れた。

「やあ、いらっしゃい」

澤田は満面の笑みで迎えた。

彼が企画やプロデュースをしたという展覧会や写真集の宣伝ポスターに囲まれた部屋で、直は持参した作品集を差し出した。

澤田はその場で、作品集を開いた。

個展に出したものの他に、大道芸人を写したものや各地の古民家を撮影したもの、季節を切り取った風景や女性モデルを頼んで下町の路地裏で撮った写真など、ファイルした作品に澤田は時間をかけて目を通すと、

「なるほど、野上の言う通りだ。いい写真をお撮りになる」

と鷹揚《おうよう》な笑みをたたえた。

「いえ」

世辞だとは分かっていても、褒められれば悪い気はしない。

「子供を撮った写真がありませんでしたけど、お仕事のは別に？」

「あ、はい、今日は『作品』を中心に……」

やはり「仕事」の写真も持ってきた方が良かったか、と少し後悔をする。

「いやまあいいんです。私の方でお頼みできたらと思ってるのはですね」

澤田が立ち上がった。

「二村さんは、ムービーはやったことあります？」

「ムービーですか？　いやありませんが」

「まあなくても大丈夫ですよ。今はそっちもデジタルですから、すぐに使えます」

澤田は棚から一枚のＤＶＤを取り出した。

「こんなのをやってるんですよ。ムービーとスチールを一緒に撮ってもらわなくちゃならんのですけど」

　きちんとパッケージされた、市販のグラビアＤＶＤだった。

ただ直が知るその類《たぐい》の商品と違うのは、ほとんど紐《ひも》だけの水着をまといアイドル然とした笑顔を向けているのが、どう見てもローティーンにしか見えない少女であることだった。

〈カレン　十三歳　夢〉と題されたジャケット写真を、直は正視できなかった。

「『お菓子系』とか『ジュニア・アイドル』とかって言われてるものです」

澤田が何でもないような口調で言った。

「どうですか？　今、カメラマンが不足してるんで、すぐにでも紹介できますけど。二村さんは子供を撮り慣れてるみたいですし」

「ああ、えーと……」

自分に声を掛けたのはそういうわけか、と臍《ほぞ》を噛んだ。確かに仕事はほしい。だが、さすがにこういうものを受ける気はしなかった。

「すみません、ちょっと……」

「抵抗がありますか？」

「いえ、自分には向いていないのではないかと……」

「何も違法なものをお頼みしようというわけじゃありませんよ」

澤田は笑顔を崩さずに言った。

「普通に流通しているものです。子供と言いましたが、モデルはみんな、実際は十八歳以上ですよ」

「ええ、そうだとは思いますが……」

「二村さん、いつまでも出張撮影ばかりやっていてもしょうがないでしょう」

澤田の口調が変わった。

「報道以外でやっていくんだったら、出版か広告か。そろそろ軸足を決めないと。やれ『作品』だ『芸術』だなんて言ってるのは、ほとんどがそれで食っていないアマチュアですよ。プロでやっていく覚悟もなく、俺が本当に撮りたいのはこんな写真じゃない、なんて飲み屋でくだを巻いている連中が一番みっともない。そう思いませんか」

まるで居酒屋で会った野上の仲間たちのことを言っているようだった。覚悟もなくみっともない。あの時、直はまさしくそう感じていたのだった。

「どうですか、ギャラは弾みますよ。こういう仕事でも結構顔は広くなるし」

しかし答えは変わらなかった。

「すみません、やっぱりこの仕事は受けられません」

「——そうですか」

澤田の顔から笑みが消えた。

「私の見込み違いだったようだ」

立ち上がると、澤田はDVDを棚に仕舞った。

「すみません、せっかくのお話を」

もう一度、頭を下げた。

「謝る必要はありませんよ」

澤田は再び鷹揚な笑みを顔に戻すと、「もうこの話はやめましょう。この後、お時間ありますか?」と訊いてきた。

「え、ええ」

「では食事でもどうですか。近くにいい店があるんです」

「あ、いや、でも……」

食事の席でまたこの話を持ち出されるのではないか。警戒する気持ちが伝わったのか、

「心配いりませんよ、さっきの話はもう終わりです」と相手は苦笑を浮かべた。

「仕事の依頼を断られたから『はいさようなら』じゃ寂しいじゃないですか。せっかくお近づきになれたのだから、飯ぐらいご一緒しましょう」

にこやかに言われると、断るのも大人げない気がした。

「では行きます」

「じゃあちょっと早いですけど、今から行きましょう。これぐらいの時間が空いているんです」

澤田が連れていった店は、確かにすぐ近くだった。事務所の入っているビルから通りを渡って数十メートルくらい行ったところにある瀟洒《しょうしゃ》な建物の地下。素っ気なくアルファベットが置かれただけの看板では何の店かは分からなかったが、中のつくりを見るとどうやら洋食屋らしい。二人が座ったカウンターの他には四人掛けのテーブル席が二つ、という店内に先客はいなかった。

「銀座の有名なフレンチの店で修業したオーナーシェフが最近出した店でね、値段の割

にうまい物を食わせるんです」

澤田が紹介した通り、カジュアルな装いからは予測できないほどの本格的なフランス料理が出て来た。フレンチなど食べたことのない直には、「おいしいです」という感想しか口にできなかったが、まだ三十代ほどに見えるオーナーシェフは「ありがとうございます」と丁寧な礼を返してきた。

「二村さん、ご家族は」

ヴィンテージものだという赤ワインを注がれながら、「いえまだ独り者で」と答える。

「それは何となく分かります」澤田は口の端を僅《わず》かに上げた。「親御さんはご健在ですか？」

「あ、ええ、両親とも。おかげさまで」

「そうですか、それは何より。お住まいは別で？」

「ええ、両親は」直は実家のある地名を挙げた。「私は都内のアパートで一人暮らしを」

「そうですか。それぐらいの距離感が一番いいのかもしれませんなあ。うちの息子なんか大学生だというのに親のすねをかじってばかりで困ったもんです。社会に出たらそんな甘い考えは通用しないと口を酸《す》っぱくして言ってるんですけどねえ」

たわいのない会話を交わしながら飲み食いしているうちに警戒心も解け、アルコールが回ってきたせいもあって、目の前の男は思ったほど俗物ではないのではないか、という気にもなってきた。もう一度さっきの話を切り出されたら「代わりに誰かできる人がいないか当たってみます」ぐらい言おうか、という思いさえ湧いていた。

だが結局そういう話には至らず、二時間ほど飲み食いすると引き留められることもなく、澤田が会計して店を出た。

「ごちそうさまでした」

往来に出て、改めて礼を言う。店にいる間に夜の帳《とばり》がおり、人通りも増えていた。早くも出来上がった様子の二人組が前から歩いてくるのが見えた。

「いえ。また連絡しますよ。じゃあ私は事務所に戻りま――」

澤田が体の向きを変えた時、背後を通ろうとした二人組のうちの一人が、澤田の肩にぶつかった。

といっても軽く当たった程度だ。当の相手も「あ、すみません」と多少呂律《ろれつ》の回らぬ口調ではあったが詫びの言葉を掛けてきた。しかし、

「気をつけろ！」

澤田は、怒声とともに相手を押し返した。男はよろよろとよろけ、道にしりもちをついた。

「何すんだおっさん！」

顔色を変えたのは、連れの男の方だった。二人ともスーツ姿で見るからに会社員風ではあったが、まだ二十代ほどで体格も良く、迫力があった。

しかし澤田は逆に男たちを睨《にら》みつけ、「ガキが調子に乗って酒なんか飲むんじゃない

よ！」と言い放った。

「何だとぉ……？」

しりもちをついた男も慌てて起き上がり、こちらに向かってくる。連れの男は値踏みするように澤田のことを見てから「何て言った、おっさん」と凄《すご》んだ。

「相手を見てからつっかかれ、マヌケ」澤田は少しも怯《ひる》まない。

「澤田さん、やめましょう」

直はそこでようやく澤田のことを制した。今までの紳士然たる態度から一変した様子に、しばし呆気《あっけ》にとられていたのだ。

「なめんなよおっさん！」しりもちをついた男が顔を近づけてくる。

「臭い息をかけるんじゃない！」

澤田がぐいとその体を押し返した。

「てめえやる気か！」

しりもちの男が曲げた肘《ひじ》の先を澤田の喉先に押しつけてきた。大した力が入っているようには見えなかった。酔っているとはいえ向こうにも多少の自制は働いていたのだろう。

だが、

「わあっ」

いきなり大きな声を出し、澤田は後ろにのけぞった。背後にいた直に倒れかかり、そのまま肘をつく形で地面に倒れ込む。

「いたたっ」

顔を振ったせいで、メガネが地面に落ちる。

「だ、大丈夫ですか？」

心配より、一連の芝居がかった言動への驚きが勝っていた。

「なんだこのおっさん」当の相手も呆気にとられている。

「二村さん、救急車呼んでくれないか」澤田が顔をしかめる。「骨が折れたかもしれない」

「ふざけんな、ちょっと押しただけだろう」

「警察も！　早く！」

「何が警察だ、怪我なんかしてねえだろ」

「おい、行こう」連れの男が、しりもち男の腕を引っ張った。「関わりにならない方がいい」

男も悟ったらしく、肯くと二人で駆けだした。

「待て、おい小僧！　二村さん、追って！」

「え」

「早く、追って、逃がすな！」

そう言われても、二人組は思いのほか速い逃げ足で角を曲がってしまったらしく、もう姿は見えなくなっていた。

「行ってしまいましたけど……」

澤田は舌打ちすると、「しょうがないな」と立ち上がった。

地面に転がったメガネを手に取り、宙にかざす。

「割れてないか……失敗だったな」

口元に笑みを浮かべて、直のことを振り返った。

「驚きましたか」

「え、ええ」

「たまにこうやって、学生気分の抜けないガキどもに世間というものを教えてやってるんですよ」

「はあ……」

「結構うまく行くこともあるんですよ。この前なんて、社名入りの封筒を持ったままからんできた馬鹿から、示談《じだん》にしてやるからって二十万ふんだくってやりました。ははは」

直も笑いを返そうとしたが、笑みは頬の辺りでひきつった。

「じゃあここで」

何事もなかったように事務所の方へ歩きかけた澤田が、ふいと振り返った。

「ああ、あなたに一つ忠告しておきましょうか」

今までとは全く違う、冷ややかな声だった。

「先ほど見せていただいたあなたの写真ね。ああいうものを撮り続けていても先はありませんよ。ふわふわとしていて、吹けば飛ぶようなものばかりだ。どう見せるかばかり気にして、何が撮りたいのか全然分からない。いやそれ以前か。シャッターを押せば何かが写る。それで何かを撮ったつもりになっている。自分が撮ったものを見て驚いた経験なんてないんでしょう。一番大事なのは、何を撮るかでもどう撮るかでもない、何を見たか、なんです。あなたは今、自分が何を見ているのか、それすらも分かっていない。あれだったら野上の方がまだましです」

部屋に帰ってからも、澤田から言われた言葉が頭から離れなかった。

——あなたは今、自分が何を見ているのか、それすらも分かっていない。

あんな男の言うことなんか気にする必要はない。いくらそう思おうとしても消えてくれない。理由は分かっていた。図星だからだ。個展に出した写真以外は、内発的な動機もなく、その時の思い付きと「仕事の幅を広げたい」という理由だけで選んだ被写体ばかりだった。

野上の方がまだまし、と言われたこともショックだった。

個展を観に行くまで、正直言って直は、野上のことを軽く見ていた。展示会の撮影で身過ぎ世過ぎの仕事をし、アリバイづくりのようにたまに個展を開く。そういう姿勢に、潔《いさぎよ》さを感じなかった。作品を見ても、大して心を揺さぶられなかった。いや、揺さぶられまいとしていた。

　実際野上は、個展の後に行った居酒屋でも、いいよな、お前は、と仲間たちから皮肉まじりにからかわれていた。

　カミさんの稼ぎがいいから。二村くん、こいつはね、ヒモみたいなもんなんですよ。

　野上は何を言われてもへらへらと笑っていた。

　それは、彼なりの覚悟なのではなかったか、と今になって思う。他の仲間たちにしてもそうだ。酔いに任せて愚痴を吐き出しはしても、翌日からはまた、自分たちの現実を引き受け、生活のためにカメラを手にするのだ。それに比べ、俺は。

　一番覚悟がないのは、みっともないのは、お前じゃないか——。

　気づくと、ベッドに放り投げた携帯電話が振動していた。ディスプレイには、祥子の名が表示されている。

　数秒、躊躇《ためら》った。正直、今は話したくなかった。

　だが、逃げるわけにはいかない。電話を取り上げ、通話ボタンを押した。

「さちちゃんから電話があったの！」

　祥子の上ずった声が耳に飛び込んできた。

　一瞬、何のことか分からない。

「もしもし？　祥子？　何があったって？」

「さっき、さちちゃんから電話があったのよ」

さち——紗智——居所不明の児童。ようやく理解した。

「そうか、良かったじゃないか。どこにいるって？」

「分かんない。『先生？』ってそれだけ言って、すぐに切れちゃったのよ」

「それだけじゃあ本当にその子かどうか——ああ、携帯の番号で？」

「ううん、公衆電話。でも、あの声は紗智ちゃんに間違いない」

祥子は早口で続けた。

「ねえ、どうしよう。公衆電話だからこっちから掛けられない。どっかの駅からだと思う。ねえ、どこから掛けたか分かる方法、ないかな——」

かなり興奮していた。話も要を得ない。電話ではらちが明きそうもなかった。

「分かった。今からそっちへ行くから」

そう告げて、電話を切った。

タクシーを飛ばして祥子の部屋に着いた時には、彼女は少し落ち着きを取り戻していた。

「ごめんね、変な電話しちゃって」

「いや……」

こちらを気遣う余裕も見せたことに安堵はしたものの、部屋に一歩足を踏み入れてすぐに、室内の様子がいつもと違うことに気づいた。木目のクッションフロアが敷かれた1DKは、普段はきれいに整頓されていて、決して華やかではないが落ち着きのある部屋だった。玄関に置いてあるルームフレグランスから漂う香りを嗅《か》ぎながら、将来の彼女との暮らしはこういうものになるのだろうか、と夢想したこともある。だが今日はいつもの香りはせず、脱いだ服は無造作に椅子にかけられたままで、机の上には本や紙片が散乱していた。

「大丈夫？」

「うん、大丈夫かな、心配で……」

直が尋ねたのは祥子のことだったが、彼女の頭の中には紗智のことしかないようだ。仕方なく、「もう一度、電話の内容を聞かせて」と尋ね直した。

「うん……」

祥子が繰り返したのは、先ほど聞いたのとほぼ同じ内容だった。一時間ほど前というから夜の八時過ぎか。祥子のスマートフォンに、「公衆電話」と表示された着信があった。いまどき公衆電話から掛かってくる電話などまずない。不審に思いながら電話をとると、相手は何も言わない。ただ小さく、息遣いだけが聞こえた。

「変な、男の人の嫌らしい息遣いじゃないのよ」直の懸念《けねん》を察してか、祥子が言った。

「子供がよく、緊張した時や興奮した時なんかに鼻で息するでしょ。あんな感じの息遣い」

「うん、それで？」

「で、私ハッとして、『紗智ちゃん？』って訊いたの。そしたら小さな声で『先生？』

って。私、思わず大きな声を出しちゃったのよ、『今どこにいるの、どこから電話してるの！』って。そしたら」

電話は切れてしまった、というわけだ。

「私があんな、問い詰めるような声を出したから……」

祥子は自分の対応を悔やんでいたが、その話のどこをとっても、電話を掛けてきたのが紗智という少女である証拠はなかった。たった一言で声が聴き分けられるものかも怪しい。間違い電話やいたずら電話の可能性もあるし、他の教え子かもしれない。しかし、その感想をそのまま口にすることは躊躇われた。

「紗智ちゃんは祥子のスマホの番号を知ってるの？」

とりあえず、そう尋ねる。

祥子は肯き、「彼女がいろいろ不安がっている頃にね、何かあったら連絡して、って教えたの」と答えた。

失踪する半年ほど前のことだったという。授業が終わった後、珍しく紗智の方から職員室にやってきて、「先生、お話があるの」と顔を歪めた。

紗智は、普段は家のことは話さない子だった。それゆえ、両親が離婚の危機にあることを祥子も知らなかった。お父さんとお母さんが離婚したら自分はどっちについていくことになるのか、もう学校にも通えなくなるかもしれない、と不安顔で打ち明けた紗智に、祥子は、先生からも一度ご両親に話を聞いてみるから、と慰めの言葉を掛けた。その時に、携帯の番号を教えたのだと言う。

紗智からの電話はなかったが、両親の離婚話は祥子の想像以上に進んでいた。話を聞く機会をつくれないまま、父親の方から離婚したことを聞いた。それも「親権は自分が持つので、このまま学校には通える」というたった一本の電話があったきりだった。学校で会った紗智に祥子は「力になれなくてごめんね」と謝ったが、彼女は黙って首を振っただけだったという。

それから紗智はふさぎ込むことが多くなり、祥子もいつか時間をとって話を聞いてあげようと思っているうちに、今回の出来事が起きてしまった――。

祥子が紗智のことに必要以上の責任を感じているのには、そういう事情があったのだ。

「たぶん、どこかの駅のホームから掛けてきたんだと思う」

祥子が真剣な顔つきで言った。

「なんでそう思うんだ」

「かすかだけど、アナウンスが聞こえたの。周りの雑音も……駅なのは間違いない」

「駅名のアナウンスが？」

祥子は首を振った。「電車の発車か到着か何かのアナウンス」

「何行きかは分かるの」

「分からない」と彼女はさらに首を振る。「停まる駅の名前を言ってたみたいだけど、よく聞き取れなくて」

「それじゃあどこの駅かは分からないな……」

「何て言ってたかな……ありや、とか、えんじょう？　あんじょう？　そんな駅名」

「ありやにえんじょう、あんじょう……」

口にしてみて、その駅名に何となく覚えがあった。

「刈谷《かりや》に安城《あんじょう》じゃないか？　愛知の」

祥子の顔がパッと輝いた。

「そう、刈谷に安城！　あるわよね、愛知県！　直、すごい、よく分かったね！」

なぜ咄嗟《とっさ》にその駅名が思い浮かんだかと言えば——学生時代の友人に愛知県の岡崎市出身の男がいて、一度そいつの実家に遊びに行ったことがあったのだ。名古屋から岡崎に行く途中に、確かその二つの駅があった。

かりやじゃなくてかりや、な。おかざきもそうだけど、関東の人間はみんな発音間違ってるんだよ。

友人が、地名のアクセントの違いを力説していたのが印象に残っていた。

「だとしたら、電話は名古屋駅からかもしれないな」

直の言葉に、祥子は「名古屋……」と呟き、考え込むように俯いた。そして顔を上げると、言った。

「私、行ってみる。名古屋に」

「何言ってるんだよ、そんな——」

体で、という言葉を寸前で飲み込んだ。

電話でも、部屋に来てからも、祥子は一度も「子供」のことを口にしていない。意図的なのか、今は紗智のことで頭がいっぱいなのか、どちらにしても今はその話題を出すべきではなかった。

「学校はどうするの。休んで行くの」咄嗟に言い換えた。

「……そうね」

眉間《みけん》に皺《しわ》をよせ、彼女は再び俯く。それでなくとも学校はこれから、学期末、年度替わりと忙しい時期を迎える。今の彼女が名古屋くんだりまで出かけられるわけはなかった。

「でも、絶対あれは紗智ちゃんなの……これは紗智ちゃんからのSOSなのよ。私に、『探しに来て』って言ってるのよ……！」

祥子は、悲痛な声を出した。

「大丈夫だよ」何とか宥《なだ》めようとした。「もしその電話が紗智ちゃんだったら、また掛かってくるんじゃないか？　きっと十円玉がなくなっちゃって」

「これを読んで」

祥子が、机の上に広げられていた紙片を摑んでこちらに差し出す。

「何？」

「いいから見て」

渡された紙の束を手に祥子のことをちらりと見ると、爪を噛み、険しい顔で下を向いている。紗智よりも彼女の様子が気がかりだったが、仕方なく紙面に目を落とした。

一番上にあったのは、新聞記事のコピーだった。

〈国の所在確認対象外　住民登録抹消《まっしょう》の子　940人〉〈住民登録があるのに所在が分からない子供については国が所在確認を進めているが、抹消された子供は対象外。抹消後に事件に巻き込まれていたことが発覚するケースが相次いでおり、識者は「所在確認を急ぐべきだ」と指摘する〉

次をめくると、何かの本をコピーしたらしい小さな文字が並んでいた。

〈集計の結果、「消えた子どもたち」は、この一〇年の間に施設に保護されていただけでも、少なくとも一〇三九人いたことが明らかになった。記録が残っていない施設や、未回答の施設があること、そもそも保護されていない子どもがいることを考えると、この結果は氷山の一角であり、相当数の子どもが社会との接点を失って姿を消し、危機に直面していることがうかがえる〉

次は雑誌の記事か。やや煽情《せんじょう》的な文章が続いていた。

〈推定一万人！「無戸籍者」をどう救うべきか〉〈文部科学省が把握した無戸籍児童は、小学生相当年齢一一六人、中学生相当年齢二六人の計一四二人。このうち就学していないのが一人、不登校状態が六人、欠席が目立つのは二人であることが判明した〉〈社会問題になっている居所不明児童の調査に無戸籍調査を付け加え、重層的にやる方法もあ

る〉

顔を上げると、祥子が思いつめた顔でこちらを見つめていた。

「あのさ」

なるべく冷静に、と努めて声を掛ける。

「心配しすぎじゃないかな。いなくなってまだ二、三カ月だろ？　こういう子たちとは状況が違うんじゃないかな」

だが祥子の表情は変わらなかった。

「いつかのニュースで、全国に千五百人近くの居所不明児童がいるって言ってたでしょう？」

「あ、ああ」数字までは覚えていなかった。

「そのうちの半数は、いなくなった原因も分からないんだって。もちろん、今も見つかってない。原因も分からずに、七百人以上の子供がいなくなってるのよ。みんなどこに行ったんだと思う？」

「いや、でも親と一緒なんだから」

いわゆる「行方不明」とは違う。そう案ずる必要はないのではという思いが直にはあった。

「親が一緒だからって安心とは限らない。むしろ……」

祥子はそうひとりごちてから再び直に迫る。

「もしお父さんが、借金とか何かのトラブルから逃げてるんだったら、なんで紗智ちゃんのことを連れてるんだと思う？」

「なんでって、そりゃ小学生の女の子を一人残して出ていけないだろう」

「奥さんに預ければいいじゃない。いくら離婚してても、紗智ちゃんにとってはお母さんだもの。事情を話せば嫌だとは言わないでしょう」

「うーん、夫婦間の事情で頼めない場合もあると思うけど」

「たとえそうでも――最初はやむを得ず紗智ちゃんを連れて出ていかなくちゃならなかったとしても、どこかで子供をどうにかしようと思うでしょう」

「どうにかって……」

「親戚や知り合いに預けるとか」

「そういう相手がいなかったんだろう？　紗智ちゃんが嫌がったのかもしれない。お父さんと一緒にいたいって」

「そう、そうかもしれない……でも、お父さんの方はどうなの？　逃げるのに子供なんて足手まといじゃない。手放そうとするのが普通じゃない？」

「いや父親の方だって、娘と一緒にいたいんじゃないか？　紗智ちゃんだってお母さんからもお父さんからも捨てられたら、そりゃあ可哀想だろう」

「そうかしら……」

祥子は考え込むように下を向いた。

「本当に紗智ちゃんのことを考えたのかな。本当に子供のことを考えてるんだったら、誰かに預けた方がいいに決まってる。誰も頼れる人がいないんだったら、私たちに相談してくれれば良かったのよ。そうよ、私たちに相談してくれたら」

「どうにかできたか？　借金から逃げるのでしばらく子供を預かってくださいって。そう言われて、学校は何かできたか？」

祥子が、ふいに黙った。まずいことを言ってしまった、と思ったが遅い。そもそも紗智に相談されて何もできなかったから、祥子はこうやって罪悪感にさいなまれているのだ。

妊娠すると女性は精神的に不安定になる、という。今の彼女はそういう状態なのかもしれない。特に、それが「子供」の問題であればなおさらだ。さらに祥子は、紗智に対し何も力になれなかったことを悔やんでいる。今度も何もしてあげられなかったら、それで紗智にもしものことがあったら。その思いが、彼女を過度に不安にさせているのだろう。

どうしたらいいか。どうすれば彼女を納得させられるか。自分に何ができるか……。

「俺が探しに行こうか」

祥子がハッと顔を上げた。こちらを見たその表情で、直は自分が何を口走ったのか気づいた。俺は何を言ってるんだ――？

「本当？」

取り消そうにも、すでに祥子の顔には期待が宿っている。

「本当に行ってくれる?」

「あ、ああ」

今さら、つい口にしてしまったなどとは言えない。

「でも、直だって忙しいし……」

「俺の方の仕事は、何とでもなるから」

思いとは裏腹に、そんな言葉が口をついてしまう。

「でも……本当にいいの?」

言葉こそ遠慮がちだったが、彼女の顔は先ほどとは打って変わって明るくなっていた。

「もちろん、行ったからって、紗智ちゃんが見つかるかどうか分からないけど」

「うん、分かってる」

「……行くだけ行ってみるよ」

心ならずも口にしたことではあったが、さほど悪くはないのかもしれない、と思い始めていた。何の当てもなく名古屋に行ったとて、紗智が見つかるわけもない。だが、それで彼女も諦めがつくだろう。心の整理がつくだろう。

自分も、だ。一日か二日か、とりあえず紗智を探してみよう。その間、自分も心の整理をつけるのだ。そして帰ってきた時、その時こそ、きちんと彼女と向き合うのだ。時間を置いて考えるには、むしろいい機会かもしれない——。

自分で口にした通り、今はさしせまった仕事などなかった。部屋に戻って路線図を確かめると、記憶通り「刈谷」「安城」ともに名古屋と浜松の間の東海道本線の駅だった。その場で翌日の新幹線の指定席をとり、二、三泊できるだけの荷物を準備した。いったん入れたカメラは、結局バッグから出すことになった。

4 棄児《きじ》

新幹線の座席は空いていた。指定席券を買うまでもなかったと思いながら窓際で流れる景色を眺めていれば、名古屋駅まではあっという間だ。

ホームに降りると、一斉に階段へと移動する人々に逆らい、直は公衆電話を探した。昔はいたるところにあったそれも、今はすぐには見当たらない。行きつ戻りつして結局階段の辺りに一つ見つけたが、「刈谷」や「安城」方面のアナウンスが聞こえたとするなら、ここではない。東海道本線のホームはそこからだいぶ離れていた。

乗り換え口を使って通路を通り、浜松方面の列車が発着するホームに上がる。ここにも階段近くに公衆電話が一つあった。だが、「故障中」の張り紙が貼られてある。

ちょうど駅員が通りかかったので、「すみません」と呼び止めた。

「はい」

「この公衆電話、昨日は使えましたか？　故障は今日から？」

駅員は怪訝《けげん》な表情を浮かべたものの、「いえ」と首を振った。

「一昨日から故障中でして。すみません、今日中には直ると思うんですが」

それでは「昨日の夜」に電話はできない。早くも手詰まりになってしまったが、念のために尋ねてみる。

「夜の八時過ぎ、刈谷や安城に停まる電車ってここから出ますか？」

祥子のところに電話が掛かってきた時刻だ。

「夜の八時過ぎですね……」駅員はポケットから手帳を取り出し、確認してから答えた。

「ちょうど八時に豊橋行きが出ますね」

「刈谷と安城に停まる？」

「はい、各停ですから」

「刈谷の次が安城ですか？」

「いや各停なので……刈谷の次は野田新町《のだしんまち》ですね」

「じゃあダメだな……」

直の呟きに、駅員はますます妙な顔になる。直は言い訳するように言った。

「いや、刈谷の次に安城に停まる列車じゃないといけないんです」

「ああ」駅員が肯いた。「では『新快速』ですね、八時十三分に出ます」

「新快速……その電車は、刈谷の次に安城に停まるんですか」

「はい、当駅を出てから、金山《かなやま》、大府《おおぶ》、次が刈谷、その次が安城、という順に停まります」

その列車だ。あとは電話の件。

「このホームの発着のアナウンスが聞こえる公衆電話はこれだけですか？」

「あとはコンコースにもありますけど。アナウンスが聞こえるかどうかは……」

「ありがとうございます」

駅員に礼を言って、コンコースに向かった。

改札口を出てすぐ左側に売店があり、その前に二台、公衆電話が並んでいる。

直がその前に立った時、チャイムとともに「間もなく二番線に、『新快速浜松行き』が参ります」というアナウンスが遠くから聞こえた。続いて、停車駅を告げる。

「この列車は、金山、大府、刈谷、安城……」

これだ――。八時十三分発であれば時間も合う。昨夜祥子のところにあった電話がここから掛かってきた可能性は高い。

実際にその場に立ってみると、「いたずら電話」と思った自分の考えに疑問が湧いた。わざわざこんなところからいたずら電話などするだろうか。間違い電話とも考えにくい。いたずらでも間違いでもないのだとしたら――。

今までは半信半疑、いや正直言えばほとんど信じていなかった「紗智からの電話」について、ひょっとしたら、という気持ちが芽生え始めていた。

直はバッグから手帳を取り出し、挟んであった写真を手にした。祥子から預かった、教室で撮ったスナップショット。三人組の右端で、はにかんだような笑みをカメラに向けているのが紗智だ。ショートカットに黄色いポロシャツ、フレアのミニスカートに身を包み、目は大きく少し垂れ気味。美少女といっていい顔立ちだった。

振り返ると、売店があった。小学四年生の女の子が遅い時間に一人公衆電話に向かっていたら、誰かの目に留まっているかもしれない。

「すみません、ちょっとお訊きしたいことがあるんですが……」

商品の並べ替えをしていた店員に声を掛ける。

「はあ、何か探しとぉん？」

髪に白いものが混じった女性店員は、方言まじりに愛想の良い顔を向けてきた。

「昨日の夜の八時過ぎぐらいなんですが」写真を差し出して、「この女の子をあそこの公衆電話の辺りで見ませんでしたか？」と尋ねる。

店員は、不思議そうな顔で紗智の写真と直を見比べてから、

「昨日の八時過ぎ？」

と首を傾げた。

「いやぁ、見んかったねえ」

「そうですか……」

そう都合良くは行かないか、と思いながら写真を戻そうとすると、

「何ぃ、その女の子がどうしたん？」

店員が好奇の色を露《あら》わにして訊いてくる。

「いや、なんでもないんです」

「家出だらぁ？」

「いえ、そういうわけじゃないんですけど」

「何なら他の人に訊いてみてもいいけど。どんな事情？」

「いや、それはちょっと……」

直が答え渋ると、彼女は少し苛立《いらだ》ったような声を出した。

「何ぃ。訊いといて、そっちは事情を教えてくれんの」

「いや、大したことじゃないんです」

「じゃあ話しゃあ」

仕方なく少し加工して答えた。「父親と一緒に旅行に出てから音信が途絶えてしまって……母親から頼まれて探しているんです」

「行方不明？　警察には届けとらんの？」

「ええ、ちょっと届けられない事情もあって……」

苦しい言い訳だったが、「ふーん、そういうこと」女性は納得したように肯いた。

「すみません、お邪魔しました」

踵《きびす》を返そうとした時に、店員が呟くように言った。

「お父さんっていやぁ……」

「え？」

気になって再び店員の方に向き直る。「何か？」

「いや女の子連れのところを見たわけとは違うけど……」

「何です？」

「昨日のそれぐらいの時間、うん、八時頃だぁね、うちで買い物をしとった男の人がおって……変なものを買うな、ってちいと気になったんだわ」

「何ですか、変なものって」

「うん、それはまあ」なぜか言葉を濁《にご》す。

「教えてください。何か参考になるかもしれないので」

「まあでも、その人があんたの探してる相手かは分からんし……」

「でも気になったんですよね。何を買ったんです？」

「うん、まあ、あれやけど」

言いにくそうに、彼女はようやく口にした。

「生理用ナプキン」

「あ……」

予想外の言葉に、思わず声が漏れた。

「それも何種類も。こっちはお客さんの買うもんをいちいち気にすると違うけど、その男の人の方が、怪しまれてると思ぉたんか『娘が急にね』とか『こんな時女親がいないと困るね』とか、訊いてもいないのに言い訳しとって……ちょっとおかしかったもんで」

店員は笑みをこらえるような表情をした。

「なるほど……」

生理用ナプキンとは思いもつかない買い物だった。店員の記憶に残ったのも道理だ。

「いくつぐらいの人でしたか」

「うーん」彼女は首をひねった。「あれぐらいの男の人の年は分からんて。四十過ぎ？いや五十ぐらいかや」

「背恰好《かっこう》とかは。太ってるとか痩せてるとか」

「うーん、特に特徴はなかったわぁ。ちょっと痩せ気味だがんね？　いや分からん。そう訊かれると、意外と思い出せんね」

紗智の父親は四十三歳になるはずだと祥子は言っていた。身長は平均的で、痩せ気味。年恰好は合っている気がした。

「もうええかや？　仕事しなきゃいけんもんで」

さすがに迷惑そうな表情を浮かべ始めた彼女に丁寧に礼を言って、店を出た。

店員から聞いた「男の人」のことが気になっていた。

もちろん、その男性が紗智の父親――栢本《かやもと》伸雄だったと単純に考えているわけではない。「娘のためにナプキンを買った」のが事実だとしても、その「娘」が紗智であるということにはならない。そう思う一方で、直の脳裏には一組の親子の姿が浮かんでいた。東京の家を出て、どういう経路をたどってか、名古屋の地まで辿り着いた父と娘。その途中で、娘は初めての生理になってしまう。どうしていいか分からず途方に暮れた挙句、仕方なく父親に打ち明ける。告げられた父の方も、さぞや戸惑ったに違いない。母親がいればすぐに適切な対処をしてくれるだろうに、男親には何をどうすればいいか分からない。とりあえずナプキンを。そう思って駅の売店に駆け込む。

その間、娘は不安にかられ、誰かに助けを求めようと電話を掛ける。それがなぜ母親でなく担任の女教師だったのかは分からないが、携帯電話もスマホも持たない小学四年生の娘は、駅の公衆電話を使うしかなかった。しかし小銭が足りなかったのか、何も伝えられずに電話は切れてしまう。一方、どんなものを買えばいいのかも分からず、何種類ものナプキンを買い物カゴに放り込む父――。

もちろんただの想像だ。しかし直には、その父と娘の姿が、初めて頭の中で像を結んだ気がした。

もしかしたら紗智は本当にこの地にいるのかもしれない。ほんの僅《わず》かではあるがその可能性を感じながら、次の訪問先を目指した。

「なるほど、お話はよく分かりました」

話を聞き終えた職員は、慇懃《いんぎん》な態度で紗智の写真を返した。駅からバスに乗り、名古屋市内にある児童相談所に来ていた。

「しかしこちらでそういったお子さんに関しての情報を把握していたとしても、個人情報についてはお答えすることはできないんですよ」

「そうですか……」

どんな理由をつけようかと考えた挙句、当たって砕けろとすべての事情を話したところだった。身内でもなく捜索願いも出していないことが裏目に出たか……。悔やみながら写真を仕舞おうとした時、

「ですが」

相手の言葉が続いた。

「担任の先生が心配するお気持ちもよく分かります」

羽田《はねだ》という名札をつけた五十がらみの女性職員は、ふっくらとした外見そのままの柔らかい声で言った。

しばし思案する表情を見せた後、「分かりました」と羽田はこちらを見た。

「可能な範囲でお答えしましょう」

「本当ですか」

「まず、居所不明児童については、正式に認定されれば『CA情報連絡システム』という連絡網で全国の児相に情報発信されることになっているんです。ですがそのお子さんについてはまだその対象になってないようで、こちらにも情報は入ってきていません」

「そうですか……」

期待は再び落胆に変わる。直の表情を見て、羽田が慰めるように言った。

「ただ、前の学校に連絡がない、住民票が移された形跡がないからといって、一概に『居所不明』のままとは言えないんですよ」

彼女は、新しい居住地で教育委員会が「例外的措置」として転校手続きを受け付けたり、親が「区域外就学」の許可を申請したりすれば、住民票を移さずに地域の学校に通うことができる、と説明した。夫からのＤＶで妻が子供を連れて施設などに避難しているケースなどでは、そういう手続きをするという。その場合は、夫へ情報が漏れないように、元の学校に伝えないこともあると。

語り口のせいもあって、羽田の話を聞いているうちに気持ちが少し楽になってきた。

事情があって連絡ができないだけで、紗智はここで、ちゃんと学校に通い、問題なく暮らしているのではないか――。

「こちらの区域の学校に通っているかどうかは、調べれば分かるんですね」

「ええ」

「調べてもらえるんですか」羽田の対応に、再び期待が膨らむ。

「お調べはしますが、お教えできるのはそのお子さんがこちらの区域の学校に現在在籍しているかどうか、ということだけです。学校名や現住所などはお教えできませんが」

「それで結構です」

紗智が無事で、ちゃんと学校に通っていることさえ分かればそれでいい。祥子も安心するはずだ。

「居所不明といっても、みんなが実際に行方不明というわけではないんですね」

少し気が楽になり、尋ねた。

「そうとも言えますが……」

羽田の表情が、少し曇った。

「『居所不明児童』にはカウントされていない、しかし『行方の分からない子供』は、実際にはもっとたくさんいるんです」

「え?」

「文科省の調査の対象になっているのは、『一年以上の居所不明者』だけです。ですがお探しのお子さんのように、いなくなって一年未満の児童もたくさんいます」

確かに、紗智もまだいなくなって二カ月足らずだ。CA情報とやらの対象にすらなっていない。

「他にも、保護者の拒絶や連絡がとれないという理由で子供の所在が分からない場合もあるんです。それだけじゃなく、住民票のあった場所に居住の事実が認められなければ、住民登録は抹消《まっしょう》され、どんな調査の対象からもはずれてしまいます。そこに住んでいたはずの子供の存在自体が『消えて』しまうんです」

昨夜祥子から見せられたコピーの束の中に、そんな記述があった。あの時はまさかと思ったが——。

羽田が、くやしさをにじませた口調で続けた。

「しかも、こうした『消えた子供たち』を探し、安否を確認するための具体的な行動は、現在でも何もなされていません」

「何も？」意外な思いで尋ねた。「でも、特別な連絡網で全国の児相に知らせがいくと」

「もちろん児相で把握できていれば判明することはあります。先ほどご紹介したようなケースですね。でも、児相ではそれ以上のことはできないんです」

「警察とかは？」

「ええ、学校と児相、警察との連携も、最近ようやく始まってはいます。でも実際には、情報共有すらほとんどできていません。個人情報の壁もありますし、人手不足の問題もあります。何より、子供の情報を一番持っている親がともにいなくなったり情報を隠す場合が多いんです。そうなると、ほとんど手だてはありません」

「じゃあ、いなくなった子供はいなくなったまま？」

「見つかり、保護されるケースもまれにはありますが……」

「どういう場合ですか」一番聞きたいところだった。「どうすれば保護されるんです」

「個別のケースについてはお答えできないので……」

羽田は言葉を濁した。

「一般的なケースでいいんです」

ここが踏ん張りどころだった。手ぶらで帰るわけにはいかない。

「とにかく今は何も手がかりがなくて。何でもいいから知りたいんです」

必死さが伝わったのか、困ったような顔をしていた羽田が、「分かりました」と肯いた。

「お時間ありますか？　良かったら面談室でお話ししましょう」

カウンターから、「面談室」と書かれた個室に移った。

改めて渡された名刺には、「児童福祉司」の肩書が記されていた。ここまでの対応からも豊富な知識と経験が窺える。それ以上に、親身になってくれそうな人柄が伝わってくるのが今の直には有り難かった。

羽田は、持参したファイルに手を添え、「あくまで一般的なケース、啓発用の冊子などに事例として掲載されているものです」と前置きした上で、話し始めた。

「例えば、『小学生ぐらいの子供が昼間から在宅している』という通報が近隣の住人から寄せられる場合があります。ある自治体の児相で同様の通報を受け、学校関係者と一緒に訪問した、ということがありました。そこはある会社の、単身赴任者用の社宅でした。子供などいるはずもないのですが、訪ねると確かに就学年齢にある児童が一人、日中をそこで過ごしていました。どうしたのか尋ねると、学校には行っていない、お父さんは会社に行っている、と答えたそうです」

「ええと、つまり……？」

「父親は独り身と偽ってその会社の面接を受けたんですね。おそらく子供がいるなどと言えば採用されないと思ったのでしょう。それで単身専用の宿舎をあてがわれてしまったんです。子供には外に出るな、物音も立てるなと厳命していたそうです」

「……なるほど」

「もちろん児相も学校も就学手続きをするよう勧めたのですが、父親はそんなことをしたらクビになる、ここにも住めなくなる、と頑として受け付けなかったそうです。しばらくして再訪問した時には、すでに違う人が住んでいました。どこへ行ったかは不明です。そうやってあちこち転々としているのかもしれません」

紗智の場合も同じようなことなのかもしれない。そんな暮らしでは学校など通わせられるわけもない。

「他のケース——これもある自治体であった事例です」

羽田が続けた。

「同じように、何らかの事情で父親と二人、あちこちを転々としていた、というケースです。ある時、ご飯を食べた後、児童一人、タクシーに乗せられたそうです。父親は行き先を運転手に告げてお金を渡し、児童には『そこで母親が待っているから』と言ったそうです」

「それで……」

「着いた先に、母親など待っていませんでした。タクシーの運転手が児童に事情を訊いても、黙って首を振るばかりだったそうです。仕方なく運転手は警察に駆け込み、警察から児相に『キジを保護』の連絡がありました」

「キジ？」

「ええ、棄児。棄てられた子供のことです。昔で言う『捨て子』ですね。赤ちゃんの置き去りと同様に、十八歳に満たない子供の場合は児相で一時保護して、親からの連絡を待ちます。親が現れなければ、児童養護施設へ入所するか、里親を探すことになります」

思わず、絶句した。

捨て子と言えば、「赤ちゃんを置き去り」のケースしか思い浮かばなかった。

小学生にもなった子供を「棄てる」とは――。

その子は一人タクシーに乗った時、どんな気持ちだったのか。

母親に会える、と喜んでいたのだろうか。何となく直は、その子が「母親など待っていない」ことを知っていたような気がした。いや、本当に知っていたら言うなりにタクシーに乗るはずもない。しかし、薄々は勘付いていたのではないか。勘付いていながら、父親の言うことに従う他なく、タクシーに一人乗り込んだ。誰も待っている者などいない、目的地などないことを知りながら――。

「でもそれはまだ、ましな方です」羽田が言った。

「まだまし？」一瞬、耳を疑った。

「ええ、生きているうちに棄ててくれるのなら、まだましです」

努めて感情を抑えるような口調で続けると、ファイルから小冊子を一部取り出し、こちらに差し出した。

「政府が出している『官報』です。この中に『公告』という欄があって、『行旅死亡人《こうりよしぼうにん》』が掲載されています」

「こうりょ……」

「行旅死亡人。身元不明の遺体のことです」

羽田は官報を開き、「公告」の中の一つの記事を指した。直はそれを目で追った。

〈本籍・住所・氏名不詳、10代前半の女性　上記の者は、平成28年1月16日午後9時頃、東京都あきる野市秋川×××番地で白骨体で発見されました。死後数カ月程度経過、死亡場所及び死因は不明〉

「こちらは、生まれたばかりの赤ちゃんです」

羽田がもう一部取り出し、開いて指さす。

〈本籍・住所・氏名不詳、身長50㎝の男性嬰児《えいじ》、着衣等なし、バスタオルにくるまれ、ビニール袋に入れられていたもの　上記の者は、平成27年10月16日午前11時頃、神奈川県横浜市鶴見区のコインロッカー番号376で回収した荷物の中から発見されたものである〉

「これが、『消えた子供たち』が迎える最悪の結末です」

直は、官報を乱暴に閉じた。思わず呻《うめ》くような声が出た。

「自分が産んだ子を棄てるなんて――」

「産んだ子とおっしゃいますが、棄てたのが母親とは限りませんよ」

羽田の冷ややかな声が返ってきた。

「虐待死のような事件が起こると母親ばかりに非難が集中しますが、私は『父親の不在』の方が気になるんです。虐待や遺棄に至るのは、親に自覚も覚悟もない場合がほとんどです。何となく子供がほしくて産んだはいいけど、産んでから『こんなはずじゃなかった』と思ってしまう。望まない妊娠、という場合もあります。この中には、レイプや近親間での性的虐待によるものもありますが、多くは若年層での性の知識不足によるものです」

羽田の口調が、次第に熱を帯びてくる。

「そういう時、父親は、男は、逃げてしまうんです。若いから、自分自身が子供だから仕方ない部分もありますが。それで、困った母親が誰にも言えず虐待や遺棄に走ってしまうケースが多いんです。そうして生まれてきた子供たちへの福祉や手当は、とても十分とは言えません。少子化対策とか言っていますけど、国が認めているのは『ちゃんと二親《ふたおや》が揃った正しい親子』なんですよ。でも、正しい親子って、何でしょう」

そこまで一気に語ってから、羽田は、バツの悪い顔になった。

「こんなことをあなたに言っても仕方ありませんね」

改まったような表情をつくり、こちらに向き直る。

「お尋ねのお子さんがこちらの区域の学校に在籍しているかどうかは、すぐに調べます。その子が本当に市内にいたとしたら、他にも何か情報が入ってくるかもしれません。何か分かったらご連絡します。それと……」

羽田はファイルの中を探し、一枚の名刺を取り出すと、メモ帳にそれを書き写した。

「私たちよりその辺りの事情に詳しい人がいますので、お時間があれば訪ねてみてください。何か情報を持っているかもしれません。市内のNPOの方なんですが」

書いたメモをこちらに差し出す。「河原《かわはら》たけし」という名前と団体名、住所と電話番号が記されていた。

直は、受け取るのを躊躇《ためら》った。

もう十分ではないか。羽田から調査結果が得られれば、それで自分の役目は終わりにしたい。これ以上悲惨な子供たちの現状を目《ま》の当《あ》たりにしたくなかった。

しかし、わざわざ時間を割いて応対してくれた羽田の好意を無下《むげ》にするわけにもいかない。

「ありがとうございます。伺ってみます」

とりあえず礼を言って、メモを受け取った。

「私の方からも連絡を入れておきますので」

羽田は当初の愛想の良い笑みに戻り、立ち上がった。

「係長」

羽田と一緒に面談室から出ると、廊下を歩いてきた二十代の女性職員から呼び止められた。脇に水玉模様のワンピースを着た小学校高学年ぐらいの女の子を伴っている。

「まほろば園さんから連絡があって、今からひろかちゃんを連れて――」

「ああ、ちぃと待っとって」

羽田が慌てたように職員を制し、少女の姿を直の視線から隠すようにした。ワンピースの裾が翻《ひるがえ》り、白いソックスをはいた細い手足が羽田の背後に消えた。

「では、これで」

羽田が不自然な唐突さでこちらに向かって一礼をした。直も「ありがとうございました」と頭を下げ、出口に向かった。

ふいに、少女が叫ぶ声が聞こえた。

「いや！」

振り返ると、嫌々をするように首を振る先ほどの少女を羽田や職員が宥《なだ》めている。

「そんなとこに行きたくない！」

「大丈夫、私たちがちゃんとついていきますからね」

羽田や職員が少女を説き伏せるようにしながら、面談室へと入っていった。

あの女の子――。

さっき羽田が話していた「タクシーに置き去りにされた児童」のことが頭をよぎる。

小学校に上がったばかりの男の子を勝手にイメージしていたが、今の女の子がその「棄児」だったとしたら？

確証はない。しかしさっきの少女の叫び。

――いや！

――そんなとこに行きたくない！

父親からタクシーに乗せられる、少女の姿が浮かんだ。

可愛い服を買ってもらい、「お母さんが待っているから」と言い聞かされ後部座席に一人乗り込む彼女。自分が「棄てられた」ことを知りながら、着いた先には母親など待っていないことを悟っていながら、ただ黙ってタクシーの後部座席に座っている女の子――。

その絶望的な孤独に、胸が締め付けられた。

5　ホームレス

児童相談所を出て、予約したビジネスホテルに向かった。半日動き回っただけだというのに、体が鉛のように重かった。

街を歩けば、今まで当たり前のように眺めていた「親子」の姿が目に飛び込んでくる。叱《しか》られたのか、泣きながら母親の後を追う幼子がいる。父親に肩車され、得意満面な顔を周囲に向ける男の子の姿もある。

一方で、全国に何千人もいるという消えた子供たち。「官報」に載っていた「子供の行旅死亡人」の公告のことが頭から離れない。そして、あのワンピースの少女。

――そんな簡単にできるもんなんだよ、子供っていうのは。

いつか森久保が口にした言葉を思い出す。

簡単にできて、簡単に産んだ結果がこれか。

――生きているうちに棄ててくれるのなら、まだましです。

羽田はそう言っていた。だが、棄てるぐらいなら最初から産まなければいい。

ホテルにチェックインし、狭いシングルの部屋に入った。タバコの残り香に窓を開けようとしたが、はめ殺しの窓は開かない。ビールでも飲んで寝てしまいたい気分だったが、こらえて、携帯電話を取り出した。

仕事中であれば留守番電話に入れるつもりだったが、祥子はすぐに電話に出た。

「お疲れさま。どうだった？」

連絡を待っていたのだろう、急《せ》いた様子で尋ねてくる。

「まだ見つからない。でも児童相談所に行って……」

そこで得た知識として、他の地域で学校に通っている可能性もあることを伝えた。

「うん、それは知ってるんだけど……」

祥子の声は弾まなかった。教師である彼女はそれぐらい承知なのだ。

「見つかって保護されるケースは他にもあって……」

直は、羽田から聞いた話をかいつまんで伝えた。

「——その『官報』って、一般人でも読めるのかな」

通報などで保護される事例よりも、祥子が気にしたのはやはり「子供の行旅死亡人」の方だった。

「たぶん。ネットでも見られるって言ってたから」

「そう……」

祥子が暗い声になったのが気になったが、

「児相の人から、明日には学校の件で連絡があるはずだから」

と努めて明るい声を出した。

「うん」

「じゃあ、また明日電話するから」

切ろうとした時、「直」と呼びかける声がした。

「うん？」電話を耳に当て直す。「ありがとう」

祥子の声が聞こえた。

「ああ……じゃあ、また」

「うん、電話待ってる」

そう言い残して、電話は切れた。

携帯電話をテーブルに置き、部屋に据《す》え置きの冷蔵庫を開ける。今度こそビールを飲んで寝てしまおう。しかし、結局何も取り出すことなく冷蔵庫のドアを閉めていた。

礼など言われるようなことは何もしていない、と思う。

羽田の話の中に出てきた自覚も覚悟もない親。ひどい奴らだという憤りは、そのまま自分に跳ね返ってくる。

――そういう時、父親は、男は、逃げてしまうんです。

いや違う、そんな奴らと一緒にしないでくれ。そう思う一方で、このまま子供が生まれ、いつの日にか「こんなはずじゃなかった」と口にしないと断言できるのか。

分からなかった。僅か数日で「答え」を出せるわけもないのだ。今できることは、少しでも彼女の望みに応えること、紗智の行方を探すことしかない。何か、少しでも手がかりを——。

思い出して、ポケットをまさぐり羽田からもらったメモの紙片を探した。奥でクシャクシャになっていたそれを、手で伸ばす。再び携帯電話を取り上げ、メモの相手に電話をした。

電話口に出た河原という男性は、「ああ、羽田さんから聞いています」と丁寧な口調で応じた。もう彼女が連絡してくれていたとは意外だった。連絡先のメモを捨てようとしたことを恥じながら、相談に乗ってもらえるかと尋ねた。今日は用件が詰まっているが、明日であれば時間がとれるという。翌日の午前中に会う約束をして、電話を切った。

翌朝、ホテルを出ようとしていると、羽田から連絡が入った。

「残念ですが、市内の公立小学校すべてに当たった結果、栢本紗智ちゃんという児童が転入した学校はありませんでした」

「そうですか……」

迅速な対応に感謝の思いを抱きながらも、やはり落胆は大きかった。

「ただ、もうすぐ年度が替わりますので、新年度から手続きをする、ということも考えられます。その時にまた改めて問い合わせしますので」

もうすぐといっても、ひと月あまりも先だ。そこまで何もできないのか……。

「分かりました。お手数おかけしました」

事務的に礼を言って切ろうとすると、「あ、もう一つ」と羽田が言う。

「私のところまで報告が上がっていなかったんですが、改めて調べてみたところ、一週間ほど前にホームレスらしき親子の情報が寄せられていたようなんです。父親は四十代で、子供は小学校中学年ぐらいの女の子だったと。お探しのお子さんの可能性もあるかもしれません」

「ホームレス……」

その単語が、すぐには紗智と結び付かなかった。

「ええ。市内のインターネット・カフェから、父親の方が病院に緊急搬送されてきたようなんです。住所不定で、親子でネット・カフェに寝泊まりしていたみたいで。その女児を児相で一時預かりできるかどうか、病院のケースワーカーから問い合わせがあったんです」

紗智と父親は、ホテルを移ろっているイメージをそれまで抱いていた。ビジネスホテルか、悪くても小さな旅館やカプセルホテルなどを。

しかし、父娘でネット・カフェで寝泊まりしていたとなれば——羽田が言うように、紛れもなく「ホームレス」に違いない。

「その親子は今?」

「それが、こちらで検討する以前に病院からいなくなってしまったらしくて」

羽田は申し訳なさそうな声を出した。

「それで私まで情報が上がってこなかったんですが……。良かったらそのケースワーカーに繋ぎましょうか？　詳しいことを教えてもらえるように」

いえそこまでは。出かかった言葉を飲み込んだ。

「……はい、是非お願いします」

「分かりました。では改めてまたお電話します」

羽田に礼を言って電話を切り、ホテルを出る。河原という男に会うために、駅に向かった。

名古屋駅から私鉄に乗って数駅先、さらにバスで十五分ほど揺られたところにそのNPOはあった。大きな池のそばにぽつんと建った一軒家で、「NPO子供の家」という看板がなければ民家と思って見過ごしてしまったかもしれない。

入口に立って声を掛けると、すぐに黄色いポロシャツを着た若い女性が「はーい」と現れた。名乗るより先に、「二村さんですか？　伺ってます。どうぞ」と中に通される。

屋内は、外から見るより広かった。廊下に玩具が積まれた箱が置かれていたり、教室のようなスペースがあったりと、保育園のような雰囲気だ。中庭には子供のための遊具もあった。

廊下ですれ違うスタッフは、みな元気よく挨拶をしてきた。ハキハキとしていかにも健康的で、直はどうにも場違いなところに来てしまったような居心地の悪さを覚えた。

「事情はお聞きしました。ご心配なことですね」

応接スペースで向かい合った河原は、神妙な顔つきで言った。直と同年齢ほどに見える、痩せぎすな男性だった。男性にしては色白で、口元に笑みをたたえているものの、上がり気味の目尻と薄い唇がどこか冷たい印象を与えた。

「変わった施設でしょう？」

落ち着かなげな直の様子を察したのか、河原が言った。

「一時保育や子育てサロンのような活動もやっていますから」

そう聞いて施設やスタッフの雰囲気には納得がいったが、羽田が紹介してくれた理由に合点がいかない。そんな団体と、「居所不明児童」探しとがどこで繋がるのか。

渡された名刺に目を落とすと、河原の名の上に「GRチーム リーダー」と記されていた。

「このGRチーム、というのは……」名刺から、河原に目を移す。

「give《ギブ》 relief《リリーフ》の略です。『安心させて休ませる』というような意味ですね。具体的には、子供の人権救済活動を専門にやっています」

「人権救済……」

「ええ、虐待事案で、警察や児相ではフォローできない部分をカバーしています。行政のできることは限られていますから」

河原はそこで、「羽田さんはあまりそういう話はしなかったでしょう?」と皮肉っぽい口調になった。

「ええ」

「まあ、あの人の立場からはしにくいでしょうね。それに私の活動には批判的ですし」

河原は薄い笑みを浮かべたまま、「例えば」と話を続けた。

「虐待や育児放棄で幼い子が亡くなったという事件が起きて、『児相が事前に通報や相談を受けていた』なんてニュースが出ると、行政は何をやってたんだ、とすぐに批判されるでしょう?」

「ええ」

直も同じような思いを抱いたことは幾度もある。なぜもっと早く介入し、防げなかったのか、と。

「でも、実際は児相の権限など限られているんです。批判を受けて数年前に『臨検《りんけん》』という制度ができたのをご存じですか。児相の職員が強制立ち入りできる権限です」

「いえ、知りません」

初耳だった。それにしては「手遅れ」の事件が減ったようには思えない。

「誰も知らないでしょうね。実際にはほとんど使われていませんから。臨検には裁判所からの令状が必要なんです。だから行使するまで時間がかかってしまう。緊急の事案には向かないんですよ。結局、何度も足を運ぶとか、近所の人に訊くとか、従来の方法で情報を得る方が実際的なんです。しかしそうしているうちに手遅れになってしまう……国は何か事件が起きる度に児相の権限を強化するよう法律の改正を繰り返していますが、いまだ有効な手は打てていないんです」

そこまで話してから、河原はふいに、「すみません、タバコ吸っていいですか？」と訊いた。

「え、ええ、どうぞ」少し面食らって答える。

「すみません、タバコ吸えるのここだけなんです。窓開けときますから。寒かったら言ってください」

河原は背後の窓を開け、ポケットからタバコを取り出すと、火をつけた。

「羽田さんは私がタバコのみなのも気に入らないんですよ」

うまそうにタバコをくゆらせながら、言う。

「子供を相手にする仕事をしているのに、ってね。でもこれだけは止められませんでね。もちろん私も子供の前じゃ吸いませんよ。ええと、どこまで話しましたっけ」

呟いてから、すぐに自分で「ああ、行政の話」と続けた。

「行政が虐待を阻止するなんて、実はほとんどできないんです。子育てというのは、ある種、聖域です。他人は立ち入れないんですよ。児相だけじゃない、学校や保健所、警察にしても同じです。ＤＶはようやく最近になって警察沙汰になるケースも増えてきましたけど、子供の虐待はまだまだです。児童虐待防止法ができてもう十六年になりますが、虐待はなくなりましたか？」

　直の答えを待たず、河原は大きく首を振った。

「増える一方です。全国の児相で受けている相談件数だけでも九万件近く。虐待で亡くなる子供は、多い年では年に百人近くもいます。実際はもっと多いでしょう。表に出ない虐待なんて山ほどありますから。何でこんなことになるか、分かりますか？」

　矢継ぎ早の質問に戸惑《とまど》いながら、直は答えた。

「自覚のない親が増えているから、ですか？」

　羽田の受け売りだったが、直の実感でもあった。

「それもあります」河原は肯いた。

「子供を産み、育てるということがどういうことか、何も考えないまま親になるから、いざ生まれると『こんなはずじゃなかった』『子供さえいなければ』なんて思ってしまう。でも、それだけじゃありません。一見子供を溺愛《できあい》しているように見える親でも、虐待するケースがあるんです。可愛がっている分、意に沿わない時のキレ方が凄いんです。でも本人には『虐待』なんていう意識はない。なぜかというと――」

　河原は、直のことを正面から見据えた。

「子供なんて自分の所有物だと思ってるからです。自分がつくって、自分が育てている。だから好きにしていいんだってね。まるで神様のような気分なんでしょう」

　口元には笑みを浮かべたまま、しかし据わった目で見つめられ、落ち着かない気分になってくる。

河原は、根元まで吸ったタバコをもみ消すと、

「中学になるまでずっと母親に虐待されていた少女がいます」

と言った。

「父親は早くに出ていってしまい、母親は男をとっかえひっかえ家に連れ込んでいたそうです。少女は母親だけじゃなく、その男からも暴力を受けていました。食べ物もろくに与えてもらえず、空腹を満たすために、学校のウサギ小屋に忍び込んでエサのキャベツをむさぼったこともあるそうです。それでも学校には通っていました。教師は彼女の状況に気づいていたはずですが、何もしてくれませんでした。その子は母親と男たちにさんざんいたぶられ、救急車で運ばれたことも、自分で児相に助けを求めに行ったこともあるそうです。その度に、母親の『この子、嘘ばかりつくんですよ』という言葉に大人たちは簡単に騙された。母親に引き渡され、また同じ生活の繰り返しです。大人なて誰も頼れない、何もしてくれない、彼女はそう思ったそうですよ。そんなことを許してはいけない。だから我々は、行政にできないことをします」

直を見つめたまま、河原は続けた。

「我々のチームは、虐待が疑われる家庭の情報が入ったら、昼夜を問わず押しかけます。不在だったら、二人交替で見張ります。幼い子供を置いて夜遅くに母親が出かけたり、逆に何日も子供が家から一歩も出て来なかったら、虐待の疑いが強いです。親の出入り

を待ち構えて、強引に子供の状態を確かめます。身内だと嘘をついて大家から部屋の鍵を借りることもあります。虐待と分かれば問答無用で保護します。もちろん違法ですよ。それを承知でやっています。訴えられたことも何度もあります。でも、そういうやり方で防いだ虐待事案はいくつもあるんです。我々が介入しなかったら間違いなく子供は死んでいただろう、そういうケースは一つや二つじゃありません」

凄絶な話に、相槌《あいづち》すら打てなかった。

テーブルの上に置いてあった河原のスマートフォンが音を鳴らした。「失礼」と言ってスマホをとる。メッセージの着信だったらしく、しばらくスマホをいじってから、こちらを見た。

「今、お時間ありますか」

無言で肯いた。今の話に圧倒されていて、うまく言葉が出ない。

「昨日、羽田さんから電話をもらってから、心当たりに問い合わせてみたんです。今の連絡、その相手からなんですが……ちょっと気になる情報があって。良かったら直接聞いてみますか。今からでも、ご一緒に」

どうしようか、と迷った。河原という男と行動を共にすることに躊躇いを感じていた。彼の言っていること、していることは間違っていないと思いながらも、そのあまりの熱意に危ういものを感じていた。ただの善意や正義感からくるのではない、過剰な何か――。

「どうします？　私の方はどちらでもいいですけど」

河原が試すような視線を向けた。どこまで本気でその子を探しているのか。それによってこちらの対応も変わるぞと言われている気がした。

「ご一緒します」

萎《な》えそうな気持ちを奮い立たせ、立ち上がった。


河原が運転する車に同乗して、NPOを出た。かなり郊外まで来たような気がしていたが、五分ほども走ると市街地に入った。

「あの、これから行くのは、どういう……」

尋ねると、河原は、

「居所不明児童が保護されるケースについては、羽田さんからお聞きになりました？」

と違う話を返してきた。

「ええ、捨て子のケースについては……」

「それ以外にも、虞犯《ぐはん》・不良行為で補導されるか、事件化して発覚するか、というケースがあります。実際は棄児よりそちらの方が多いんです。そうなってからでは遅いんですがね」

「事件っていうのは、虐待とかですか」

「それももちろんありますが、ちょっと違うケースも……まあ詳しくは後ほど」

河原はそれ以上語らなかった。今の話が、これから訪ねる相手と関係しているのだろうか。羽田と対していた時に比べ、河原と話しているとなぜか不安な気持ちになってくる。

人々が列をなして行きかう交差点を通り過ぎたところで、河原は路肩に車を止めた。

「すぐそこですので」

シートベルトをはずした河原に続いて、直も車から降りた。

飲食店や雑居ビルが建ち並ぶ繁華街を、河原はすいすいと歩いてゆく。カラオケボックスにゲームセンター、パチンコ屋にネット・カフェ……東京とほとんど変わらない賑やかなアーケードの中をしばらく行ったところで、「ここです」と振り返った。

全国チェーンのファストフードの店だった。中に入ってゆく河原に続いた。

「いらっしゃいませぇ」

元気の良い声が二人を迎えた。平日の午後だったが、店内は結構混み合っている。

「何を飲みます？」

カウンターに真っ直ぐ向かいながら河原が訊く。

「あ、えーと、コーヒーで」

落ち合うはずの相手はどこにいるのか、河原は店内を一瞥もしない。

「コーヒー二つ。あと、スペシャルバーガーとフライドポテトのセットを……そうだな、五つ。後で二階に持ってきてくれる？」

妙な注文に店員は怪訝な顔もせず、復唱した。

先に出された二つのコーヒーをトレイに載せると、「二階です」と河原は先に立った。狭い階段を、二人で上がっていく。喫煙席になっているせいか二階は空いていた。河原は何も言わず奥へと向かった。

一番奥の席に、四人ほどの男女が陣取っていた。直は思わず足を止めた。彼らの風貌《ふうぼう》に一瞬怯んだのだ。

一つのテーブルを三人の女性が囲み、それぞれ雑誌やスマホに見入っている。大人びては見えるが、皆まだ十代だろう。灰皿には吸殻が山のようにたまり、煙をあげている。一人は髪を金色に染め、コートの下は襟ぐりの開いたTシャツというスタイル。もう一人は黒髪に緑のメッシュを入れ、迷彩模様のジャンパーを羽織《はお》っている、その隣の少女は、長い爪に色とりどりのマニキュアを施《ほどこ》しているのが目を引いた。三人ともまだ寒いこの時期に超が付くほどの短いスカートをはいていて、剝き出しになった白い足に思わず目を逸《そ》らした。

隣の席で若い男が一人、つまらなそうな顔でスマホをいじっていた。

河原が近づき、声を掛けた。

「シバリ」

顔を上げた男は、河原を見てのそりと立ち上がった。背はさほど高くないが、厚めのトレーナーの上からでも筋肉質の体つきがはっきりと分かる。髪は短く刈り込み、サイドには幾筋かの剃り込みが入っていた。

「どうも」シバリと呼ばれた男は、低い声を出した。

「元気か」

「ぼちぼち」

少し離れたところにいる直までは届くか届かないかぐらいの声で答える。

「商売繁盛で結構なことだな」

河原の言葉に、シバリは薄く笑っただけで答えなかった。整えているのか眉は細いが、まつ毛は女性のように長い。鼻筋が通り、整った顔立ちをしていた。面持ちだけで言えばこちらもまだ十代のようにも見えたが、落ち着いた物腰はもっと年上にも思える。

河原が言う。「さっきもらったメールの件だけどな」

そこに、店員が注文した食べ物を持ってきた。

「スペシャルバーガーとフライドポテトのセット、こちらでよろしいですかぁ」

「ああ、こっち」

河原が肯くと、今まで見向きもしなかった少女たちがこちらに目を向けた。

「差し入れだ」河原が言った。

「キャー、だからかわちゃん好きだわ！」

少女たちが黄色い声を上げて一斉にハンバーガーとフライドポテトに群がる。河原は苦笑を浮かべそれを眺めた。

そちらを見向きもせず、シバリがぼそっと言った。

「言っときますけど、うちはJSは相手にしませんよ」

「知ってるよ」

河原が答えると、シバリは肯き、タバコを取り出し火をつけた。河原も話を急がせるわけでもなく、立ったまま同じようにタバコを取り出す。

「聞いた話ですけどね」面倒臭そうな口調でシバリが言った。

「うん」

「ここのチェーンで今池の店があるでしょ」

「うん、あるな」

「あそこに、妙なのが最近、夜になると来るって」

「妙っていうのは？」

「四十ぐらいのおっさんと、小学生ぐらいの女の子」

「うん」

河原が、ちらりと直の方に視線を送った。緊張を覚えながら肯きを返す。「気になる情報」とはこれだ。

「チェーンでも、あそこだけ、オールで営業してるんですよ」

シバリはそこで言葉を切る。口をきくのがよほど面倒なのか、ただの口下手なのか、先を促されないと話を続けようとしなかった。

「ああ、そうだったな」

河原が相槌を打ち、シバリが再び口を開く。

「最近、毎日のように夜になるとやってきて朝まで時間つぶしてるんで、目立つみたいで」

「うん」

「一度、女の子が一人でいたことがあったんで、よその連中がちょっかい出したみたいで」

よその連中とは何者か、と思うが、訊くわけにもいかない。黙って二人の話の続きを待った。

「それで？」

「父親と旅行をしてるって」

「その子が言ったのか」

「みたいです」

「父親っていうのは、その一緒にいた男のことか？」

「じゃないすか」

「うん」

シバリは再び黙った。タバコを一口吸う。

「誘いには乗らなかったんだな？」

河原の問いにシバリは肯いてから、「金には困ってるでしょうけどね」と呟いた。

「本人がそう言ったのか？」

「毎晩バーガー屋で夜明かししてるんすからね」素っ気《け》ない口調でシバリが返した。「よっぽどバーガー好きじゃなけりゃ、ネカフェに行く金もないんでしょ」

「……そうだな」

「バーガー屋の次は、商店街のモールすかね。そこを追い出されりゃ、公衆便所か野球のベンチ、屋根があるとこ転々と」

最後の方は節でもつけるように言う。

河原は少し思案するようにしてから、

「その親子のこと、もう少し調べられないかな」

と言った。

「いいすよ」シバリは言下に答えた。「俺も気にはなってたんで」

それまでずっと無表情だったシバリの顔に、ふと何かの感情が浮かんだ気がした。

「頼む。何か分かったら教えてくれ」

「……りょうか〜い」

答えた彼の顔は、また元の無表情に戻っていた。

河原は、ハンバーガーにむさぼりついている少女たちに「またな」と声を掛けた。

「ごちそうさまぁ」

「かわちゃん、たまには遊ぼうよ」

髪に緑のメッシュを入れた女の子が言った。

「うさこ、またたかる気だろ」

「バレとるわ」

うさことと呼ばれた少女が大きな口を開けて笑う。一瞬だけ、無防備な素顔が浮かんだ。彼女たちに笑って手を振って、河原は階段を降りていく。直も慌てて続いた。

人通りの多いアーケードの中を、車を止めた場所へと戻っていく。ラーメン屋の軒先から流れてくる香りが、胃を刺激した。ハンバーガー屋に行きながら結局何も口にしなかったなと思っていると、急に河原が振り返った。

「シバリは――本名は富岡悟志《とみおかさとし》っていうんですけど」

半秒遅れて、ああ、先ほどの男のことだと理解する。

「このへんのストリート・チルドレンの元締めみたいな奴なんです」

思いがけない言葉に、思わず問い返してしまう。今の日本にそんなものが存在するのか。

「ストリート・チルドレン？」

「路上にたむろってる子供たちのことですよ。東京にもいるでしょう。歌舞伎町とか、渋谷とか」

いるのかもしれない。直はその辺りの事情には詳しくなかった。

「『神待ち』とか聞いたことありませんか？」

知らないと首を振ると、河原が説明をした。「神」とは、泊めてくれたり食事をおごってくれたりする男性のことで、家出した少女などがそういう男性を求めて路上をうろついているのだという。

「今はSNSで相手を探すのが主流ですが、それなりのスポットもありましてね。その辺りに立っていれば誰かが声を掛けてくる。昔のナンパスポットみたいなもんですよ」

「でも、それって……」

「ええ、かなり危険です」直の懸念を、河原が引き取った。「体を要求されるぐらいですめばいいですが、それ以上のこともあります。それで、シバリが面倒を見始めたんです」

面倒を見る、とはどういうことか。

「まあ、あまり褒《ほ》められたものじゃありません」河原は苦笑いを浮かべた。「リスク回避のために相手をできるだけ選ぶっていうことと、代償は自己決定するっていうぐらいで、やっていること自体は『神待ち』と大して変わりありませんから」

「それって――」

つまりは「援助交際」ということではないか。シバリというあの若者は、路上で援助交際の相手を求める少女たちの元締めなのか。

「黙認しているんですか、それを」

つい責める口調になってしまった。子供たちの人権救済を謳《うた》いながら、一方で援助交際を放置しているのだ。

「うーん、そう言われるとあれですけど」

河原は困ったような笑みを浮かべた。

「あれでも、半グレがケツ持ちしてる援デリグループからの防波堤になったりしてますんでね。それに奴は、ただ遊ぶ金ほしさの子たちは相手にしませんから。本当に行き場を失った子たちがあいつの周りに集まってくるんです」

止めてあった車に戻りながら、「さっきいた女の子の中に、仲間から『うさこ』って呼ばれてる子がいるんですけど」と河原が言った。

「はい」髪に緑のメッシュを入れていた少女のことだ。

「可愛いあだ名ですけど、彼女が、先ほどお話しした『ウサギのエサを食べていた子』ですよ」

何でもないように言って、河原は運転席に乗り込んだ。

車が発進したところで、直の携帯電話が鳴った。羽田からだった。

「病院のケースワーカーと連絡がとれました。話をしてもいいそうです」

羽田は前置き抜きでそう告げる。後は直接連絡をとっていいとのことで、相手の連絡先を聞き、礼を言って電話を切った。

河原に断って、相手のケースワーカーに電話をした。勤務中ではあったが、少しの時間であれば今からでも会えると言う。

「いいですよ、このままその病院に回りましょう」

河原は、少しも嫌な顔をせず、車の方向を変えた。

ケースワーカーは、病院の相談室をとってくれていた。テーブルを挟んで向かい合う。四十代半ばぐらいだろうか、ショートカットにパンツスーツがよく似合う女性だった。

直が挨拶を交わした後に河原が名刺を差し出すと、「ああ、『子供の家』の」と彼女は肯いた。

「私、去年まで医療センターでMSWをやってたので」

「そうですか。うちの高野がお世話になったようで」

直には分からない会話を交わしてから、河原は当たり前のような顔でそのまま同席した。

「はっきりとは言えませんが、似てる気がします」

紗智の写真を見せると、ケースワーカーはそう答えた。

「女の子の名前は聞いてませんか」直が訊くと、

「お名前はお教えできないんです」

と申し訳なさそうな表情を見せた。

「小学校中学年ぐらいだと聞きましたが」

「四年生だと言っていました。しっかりとした子でしたね。ネット・カフェから一一九番したのもその娘さんで、私の質問にもハキハキと答えてくれました」

「どんなことをお訊きに？」脇から河原が尋ねた。

「家はどこ、とか、お母さんはどこにいるの、とかそういうことですね」

「その子は何と？」

「お母さんは亡くなったそうです。家は東京にあると言っていました。お父さんと旅行してるところだと」

お母さんは死んだ。そこは紗智とは違うが……。

「現住所とか連絡先なんかは残していないんですよね」直は尋ねた。

「ええ。少なくともこの半月ほどは市内のネット・カフェで寝泊まりしていたらしくて……健康保険証も不所持でしたので、お父さんには、福祉に相談しましょうってお勧めしたんです。うちには無料・低額診療という制度もありますし、お子さんも児童相談所で一時預かりもしてもらえるからって。そうしたら……」

「消えてしまった？」

女性は肯いた。「ATMで治療費を下ろしてくる、って出ていったきり、そのまま」

「……そうですか」

直は消沈《しょうちん》して呟いた。

「お父さんの年齢は？」

黙ってしまった直に代わって、さらに河原が尋ねた。

「個人情報についてはお教えできないんですよ」

「大体でいいんです。四十代ぐらい？」

「まあそのぐらいでしょうか」

「名前は、栢本伸雄さんといいませんでしたか」

「すみません、お答えできません」

それを承知で河原は訊いたのだろう。名前を聞いても女性に反応はなかった。

「保険証は持っていなかったんですよね。他に身分証のようなものは？」

「持っていませんでした」

「では、偽名を使っても分からない」

「……そうですね」

「その男性の病状はどんなものだったんです？」

「それは詳しくはお話しできませんが……入院治療が必要だったことは確かです。緊急を要するとまでは言えませんが、放っておいていいものではありません」

河原が直の方を見た。これ以上聞き出せる情報はないようだった。

ケースワーカーに礼を言って、病院を後にした。

「もしシバリの情報にあった親子と同一人物だとしたら、ハンバーガー屋で過ごすようになったのは病院を抜け出した後のことでしょうね」

河原の言葉に、直は無言で肯いた。

やりきれない思いだった。親子でネット・カフェを転々とする生活を送っているとしたら、学校に通っているわけはない。満足に食事をとっていたかも怪しい。そしてある日、父親が倒れる。治療が必要な状態であるというのに病院から姿を消す。もはやネット・カフェに泊まる金もなく、ファストフード店で一夜を明かす日々を送っていたのか。そしてその後は。

シバリの歌うような言葉が耳に蘇った。

公衆便所か野球のベンチ、屋根があるとこ転々と――。

直は、夢を見ていた。子供の頃の夢だ。

二階に上がる階段の途中でうずくまり、幼い自分が泣いている。たぶん夜中だ。トイレにでも起きてきたのか、気づいた母が、「どうしたの？　怖い夢でも見たの？」と声を掛けてくる。自分は泣きながら母に言う。

何でお母さんは僕を産んだの？

母はちょっと驚いて、何でって、と呟いてから、何でそんなことを訊くの、と問い返してくる。

だって――。

その続きを口にできなかった。黙っていると、母は笑いかけて、子供は天からの授かりものなのよ、と言う。

直ちゃんも神様から授かったの。

そして、おしっこはもうしたの、じゃあこんなところにいないで寝なさい、と部屋に連れていく。

布団をかぶりながら、そんなわけはない、と直は思う。

神様がそんな残酷なことをするわけがない。

だって。

さっき言えなかった続きを頭の中で吐き出す。

だって僕、いつか死ぬんでしょ。

死ぬって分かってるのに、何で僕なんか産んだの？

それを母に訊きたかったのだ。

神様がそんな意味のない、残酷なことをするわけがない。

僕は。

何かが鳴っていた。

僕は産まない。

耳障りな音が頭の中で響く。

俺は子供なんかつくらない。まだ間に合う。今ならまだ――。

鳴っているのは、携帯電話だった。

反射的に時計を見ると、八時半を過ぎていた。まだはっきりしない頭で、河原からだろうか、と思う。それにしては早い。

携帯電話に表示されていたのは、未登録の番号だった。一瞬、紗智の顔が浮かんだ。だが、すぐに打ち消す。彼女は自分の携帯番号など知らないし、電話を掛けてくるはずがない。最初の数字は〇三、東京からだ。ようやく覚醒《かくせい》してくる。

誰だろう、と思いながら通話ボタンを押した。

「もしもし、二村直さんの携帯ですか？」

聞き覚えのない女性の声だった。

「はい、二村ですが」

「こちら、——産婦人科病院の事務の者ですが。相野祥子さんをご存じですね」

心臓がドクン、と跳ねた。

「相野さんが今朝、事故にあって今こちらに入院しています。大きな怪我はありませんが、」

相手はまだ何か言い続けていたが、耳に入らなかった。

祥子が、事故にあった。子供は死んだ。

自分のせいだ。

俺がそれを望んだのだ——。

6　母と子

病室に入った時、祥子は眠っていた。空調の音だけが静かに鳴る産婦人科病棟の大部屋。仕切りのカーテンを開ける音にも気づかないほど彼女は深く寝入っていた。ひとまず無事な姿を見たことで安堵し、いったん部屋を出た。

子供が死んだ、と思ったのは直の早合点だった。

とはいえ、「切迫流産」といって手放しで安心できる容態でもないらしい。彼女の部屋から探してきた保険証を渡す際にナースステーションで尋ねると、直が子供の父親であることは伝わっていたらしく、担当医から話を聞けるようセッティングをしてくれた。

「現在、少量の子宮出血が断続的に見られます」

まだ若い女性医師は、事務的な口調でそう告げた。

「出血があるうちは安静が必要ですので、二、三日入院していただくことになります」

二、三日入院していれば良くなるのか、流産の危険はなくなるのか、重ねて訊くと、

「一概に言えないところもあるのですが」と医師は慎重な言い回しで答えた。

「相野さんの場合は転んだ際のショックによる出血ということだと思いますので、安静にしていれば良くなると思います。一応張り止めの薬は出しておきますが、基本的には安静に、というのが一番の治療方法です。お仕事の方もしばらくお休みになった方がいいとお伝えしました。しばらくは家事なども控えた方がいいでしょう」

看護師が、入院した時の状況も教えてくれた。事故といっても、車と接触しそうになり、避けたはずみで転倒したということで、怪我も軽い打撲程度だった。しかしお腹を押さえて苦しがったため、運転手が救急車を呼んだということだった。

面談室を出てから、改めて祥子がいる四〇五号室を訪れた。「失礼します」と再び四方に頭を下げながら、仕切りのカーテンを開ける。

ベッドサイドに立つと、今度は祥子も気配を感じたのか目を開けた。

「……ごめんね」

直の顔を見て、祥子は薄くほほ笑んだ。部屋の明かりのせいか、化粧をしていない肌は少しくすんで見える。

「心配かけちゃったね」

直は首を振った。「とにかく無事で良かった」

彼女は小さく肯いた。

「そんなに急いで、どこへ行こうとしてたの」

横断歩道で信号が青に変わるか変わらないかのうちに車道に出て、左折してきた車に接触しそうになった、と聞いていた。普段の祥子を思えば、らしくない行為だった。

「うん……ちょっと、不安になっちゃって」

祥子は言いづらそうに口にした。

「不安って？」

「……ネットで官報を見たの」

官報。その言葉を聞いて合点がいった。

行旅死亡人。身元不明の女児の遺体――。

「秋川で発見されたっていう女の子のことか」

思い当たる公告を口にすると、彼女は小さく肯いた。

「まさか、とは思ったんだけど……」

行旅死亡人の公告の中に、紗智と同じ年恰好の女児の情報を見た祥子は、半信半疑ながら市役所に電話を掛けた。遺体はすでに荼毘《だび》にふされていたが、僅かながら遺品が残っていると言う。その遺品をこの目で確かめようと、取るものもとりあえず家を飛び出したところで事故にあったのだった。

「その子が発見されたのは一月の話だよ？　しかも死後数カ月が経ってるって……紗智ちゃんのはずがないだろう」

「冷静に考えればそうなんだけど……」祥子は言い訳するように返す。「遺品の中にちょっと気になるものがあって」

「何？」

「……お守り袋」

自治体の職員が教えた女児の所持品の中に、小さなお守り袋があったのだという。

「お守り袋なんて、そんなに珍しいものじゃないだろう」

「でも、見れば分かるから」

「何か特徴が？」

祥子は首を振り、言った。「私のものだから」

「私の？」

直の怪訝な顔を見て、祥子が答える。

「紗智ちゃんからね、『先生のお守りがほしい』って言われたことがあるの」

紗智が、両親の離婚で思いつめていた頃のことだったという。先生にできることがあったら言ってね、と口にした祥子に、紗智は、じゃあ先生のお守りがほしい、と言った。あたしが転校しなくてもいいように。転校しても先生がそばにいると思えるように。

先生が大事にしてる、あのお守りをちょうだい、と。

「『あのお守り』って……」

思い当たるものがあった。いつの間にかなくなっていた、あの古びた小袋。

「もしかして、いつもバッグにつけていた？」

直の問いに、祥子は黙って肯いた。

「それを、紗智ちゃんにあげたの？」

祥子は小さく首を振る。「私も大事にしてたものだから……」

出会った頃から、バッグに不釣り合いなその小袋のことは気になっていた。「何なのそれ」と尋ねたこともあったが、彼女は笑みを浮かべただけで答えなかった。大事にしていたのは間違いない。

紗智に乞《こ》われた時には、ごめんね、これはあげられないの、と断ったという。それからしばらくして、バッグからお守り袋がなくなっているのに気づいた。

「初めはどこかで落としたんだと思ったんだけど……。探している私のことを、紗智ちゃんがじっと見ているのに気づいたの」

「紗智ちゃんが、盗《と》った？」

直が驚いた声を出すと、祥子は困った顔をした。

「証拠もないし、本人に確認したわけでもないんだけど……たぶん、間違いないと思う」

そこだけは確信に満ちた口調で言った。

「彼女にも事情があることだし、問い詰めるとかえって逆効果になると思って……いつか黙って返してくれるだろうと思ってるうちにこんなことになっちゃって……」

本当に紗智の仕業《しわざ》か、ということ以上に、祥子が紗智を疑っていることが、直には意外だった。たとえどんな状況だろうと「教え子が自分の物を盗った」と考えるような彼女ではないはずだが――。

「とにかく」

お守り袋のことはさておき、念を押さなければならないことがあった。

「その公告に載っていた子が紗智ちゃんじゃないことは、もう分かってるよね」

祥子は、黙って肯いた。

「紗智ちゃんは生きてる。きっと元気でいる」

直が言うと、祥子は「そうね」と小さく口にした。

「うまくいけば、なんだけど……」

あまり期待を抱かせてはいけないと思いながらも、せめて何か良い報告の一つでもしたいと、河原や羽田ら協力者が得られたことを話した。シバリの生業《なりわい》や目撃された親子についてマイナスの印象を与えないように気をつけながら。

「……だから、何か分かるかもしれない」

「ほんと」案の定、彼女は目を輝かせた。

「とにかく紗智ちゃんのことは俺に任せて、祥子はゆっくり休むんだよ。今は安静にしてなきゃダメだって先生にも言われたろう?　自分のためにも、お腹の子のためにも、安静第一なんだから」

「いいの?」

ふいに、祥子が訊いた。

「この子が、元気で、生まれてきて――いいの？」

一瞬、答えに詰まった。その間を、祥子の「ごめん」という言葉が埋めた。

「変なこと言ったね」

「いや、俺は――」

「いいの」祥子が制した。「そのことは、今はいい。退院してから話しましょう」

直は答えられなかった。

「もう帰っていいよ」祥子がほほ笑んだ。「もう大丈夫だから」

「まだいるさ」

「面会は短めに、って言われてるでしょ」

「じゃあ、デイルームかどこかでしばらく時間をつぶしてから、また来るよ」

「あのね」祥子が困ったような顔をした。

「うん？」

「もうすぐ、お母さんが来ると思う」

「お母さん？」意外な言葉に、思わず繰り返してしまう。「群馬から？」

祥子は肯き、「しばらく身の回りの世話とかしてもらわなくちゃならないかもしれないから、看護師さんに連絡してもらったの」と言った。

「そう」

「今は、会わない方がいいと思うから」

そう言って、祥子は目を伏せた。

「……そうか」

母親が来れば、妊娠のことはすぐに分かる。いや、もう話してあるのかもしれない。直が祥子の母と会えば、当然「自分が何者であるか」話さなければならない。

「もう帰って……今日は、ありがとう」

再び祥子が口にしたその言葉が、胸を突いた。礼など言わないでくれ。ありがとうと言われるようなことは、何もしていない――。

部屋を出て廊下を歩いていくと、エレベータから高齢の女性が降りてくるのが見えた。誰かの見舞いに来たのか、急《せ》いた様子で歩いて来る。

ナースステーションに寄りかけた彼女は、中に誰もいなかったのか、困った顔でこちらを振り返った。近づいていく直に、「すみません」と声を掛けてくる。

「はい」立ち止まり、女性と相対した。

「四〇五号室って、どこか分かりますか」

「四〇五――」

もちろん、分かった。今出てきたばかり。祥子がいる部屋だ。

「そこの――」指さそうとして、「ご案内します」と言い直した。

女性の前に立って歩きだす。

「恐れ入ります」

彼女は身を屈《かが》め、後に続いてきた。ひょっとして、という思いが湧いていた。いや、だが、しかし——。

迷っているうちに、四〇五号室の前に着いてしまった。

「ここです」

「ご親切に、どうも」

頭を下げ、直の脇を抜けていこうとする女性に、思いきって言った。

「失礼ですが」

「はい？」彼女がこちらに顔を向ける。

「相野祥子さんのお母さんですか」

「そうですが」相手が怪訝な顔になる。「あなたは……」

「二村と言います。相野さんとは——」

どう言えばいいのか。お付き合いさせていただいている者です。そしてその後は？

直が答えるより先に、あら、と女性の顔がほころんだ。

「もしかして、カメラマンをしてらっしゃる？」

「は、はい」

「あの子から聞いています。仲良くしていただいているそうで」

「あ、いえ」

直は狼狽《うろた》えた。祥子が母親に自分のことを話している。名前もすでに承知だ。では、お腹の子供のことも、もう?

　しかし目の前の女性は屈託《くったく》のない様子で「祥子の母です。相野雅美《まさみ》といいます」と頭を下げていた。直も慌てて礼を返し、「二村です、初めまして」と二度目の名乗りをする。

「祥子との面会はもうおすみに?」笑顔のまま雅美が訊く。

「あ、はい、今行ってきたところです」

「そうですか。あの子は? 話せます?」

「ええ、大丈夫です。元気です。いや元気っていうのはあれですが、普通に話せます」

「そうですか。良かった。何ですか私、よく事情も聞かず、慌てて出てきちゃって」

　では子供のことはまだ聞いていないのか。いや聞いていても、目の前の男と結びつけていないだけなのか。

「私、主治医から容態についてお聞きしましたので」つい、口にしてしまった。「良かったら、後ほどその内容をお話ししますが」

「そうですか。お願いします」雅美が安心した顔になった。「じゃあ私、ちょっと顔見てきますから。どこかで待っていただいていいですか」

「はい」

「じゃあすみません」行きかけて、「あ、どこでお待ちに?」と慌てたように振り返る。

「そこの、デイルームでお待ちしています」

「分かりました。すみません」

照れたような笑みを浮かべ、病室へと消えていった。

雅美の姿が見えなくなってからも、違和感は消えなかった。

祥子と、まるで似ていない。

もちろん母子だからといって必ずしも似るとは限らない。だが、うりざね顔で切れ長の目をしている祥子に対し、雅美は逆三角形に近い輪郭で、目尻もやや垂れていた。

加えて、彼女は、どう見ても七十歳は過ぎている。その年代の女性は今より早婚であることを思うと、祥子の母にしては高齢だった。エレベータを降りてきた彼女の姿を見た時、すぐに祥子と結びつけなかったのはそれゆえだった。

デイルームで待っていると、二十分ほどして雅美は現れた。

「お待たせしてすみません」

近寄って来たその表情に、病室に入る前と比べて変化は見えなかった。

彼女は、直に会ったことをすぐに娘に告げたことだろう。容態について確認した後は、お腹の子の話になったに違いない。もはや祥子も隠してはおけない。父親が誰か告げたはずだ。

結婚の約束はしているのね？　当然なされたであろう問いに、祥子は何と答えたのか。

そして、彼女の母親はその答えに何を思ったか。

だが目の前の女性は、そのことに全く触れなかった。

「心配したほどのことはなかったみたいで……何だか気が抜けました」

そう言って、小さく笑みを浮かべた。

見覚えがあった。何か心配ごとや嫌なことがあっても、「自分は大丈夫」ということを相手に伝えるためにまず浮かべるほほ笑み。――間違いなく彼女は祥子の母親だ。

「どこかで、お茶でも飲みませんか。喉が渇いてしまって」

雅美の言葉に、二人で地下の食堂に移動した。

直が二人分のコーヒーを買い、テーブルまで運んだ。主治医から聞いた祥子の容態について簡単に話した。彼女は肯きながら聞いていた。

直の話が一通り終わったところで、雅美が改まったように向き直った。

「いろいろ、ありがとうございました」

次に何の話になるかは分かっていた。直は姿勢を正した。

だが雅美の口から出たのは、予想外の言葉だった。

「似てない、って思ったでしょう？　私とあの子」

「――いえ」

咄嗟《とっさ》に答えたが、彼女は「いいんです」と首を振った。

「あの子、まだ二村さんに言ってなかったみたいですね」

雅美は、穏やかな口調で言った。

「私たち、血が繋がってないんです」

子供は、父親と並び、安らかな寝息を立てていた。この前会った時にはさほど思わなかったが、やはりよく似ている。特に鼻の形と、寝ている時に眉がハの字になるところなどは父親そっくりだ。

「全く、どっちが子供だか分かんないわよね」

二人に毛布をかけてやり、母親と一緒にダイニングへと戻ってくる。

「芳雄もほんと弱くなっちゃって」

テーブルの上を片づけながら、香織が苦笑した。直も手伝いながら、「ほんと」と同調する。

ほぼふた月振りの、森久保夫妻の部屋だった。

祥子が退院した翌日、森久保から「仕事」の依頼があったのだ。彼の担当する製品の新作発表会でスチール撮影をしてもらいたいと言う。会社に出入りしているカメラマンはいるだろうに、おそらく直の窮状《きゅうじょう》を見かねてねじこんでくれたのだろう。有り難く受けるとともに、「打ち合わせも兼ねて飯食いに来いよ」という誘いにも乗ったのだった。

「聞いたわよ、子供のこと」

食べ残しの皿を重ねながら、香織が何気ない口調で言った。

口止めをしておいたのに、と友人のことを軽く睨《にら》む。しかし彼女は特に非難するようでもなく、「で、どうすることにしたの」と訊いてくる。

「うん、まあ……」言葉を濁《にご》すしかなかった。

「中絶するなら、早くしないとダメよ」

え、と彼女のことを見た。

「遅くなればなるほど母体への負担が大きいし、今後の妊娠へも影響するからね」

直の視線に気づいた香織は、「意外？」と苦笑して、寝ている夫の方を見やる。

「こいつは偉そうに説教したみたいだけど、このご時世で、やみくもに産め産めなんて言えないわよ」

片づけの手を止め、「それにね」と付け加える。

「子育てってほんとに大変だから。そんなの誰も教えてくれなかった。親も友達も、経験者はいいことしか言わないからね。人によって言うことも違うし。さて母乳がいいのか、寝る時に頭はどっちに向けるのがいいのか、分かんないことだらけ。毎日が戦争。子育てがこんなに大変だって知ってたら、私だって産まなかったかも」

さらに意外な思いで香織のことを見た。

「まあそれは冗談だけど」

少し笑って、「私だって本当に子供が天使って思えるようになったのはここ一年ぐらいだから」と続けた。

「夜泣きが止まなかった時期は本当に頭がおかしくなりそうだったわよ。芳雄に『明日早いんだから止めさせろ』って言われた時はこいつ殺してやろうかと思ったからね」

いつか森久保が発した物騒な言葉を、その妻は実際に口にした。

「もうじき少し手が離れるようになるかもしれないけど、それからだってきっと大変でしょ。来年になったら保育園に入れて私もまた働こうと思ってるけど。どうなるか」

「前の仕事に戻るの？」

「うーん、一応いつでも戻っておいでとは言われてるけど……」

今は子育てに専念している香織も、以前は食材宅配の会社で配達員として働いていた。一週間分の夕飯のメニューを用意し、必要なだけの食材を人数分配達するというサービスで、忙しくて買い物に行く暇がない、あるいは毎日献立《こんだて》を考えるのが面倒臭い、という主婦などに人気があった。

「元々パートだからね。社員みたいに育休もらってるわけでもないし、その時になってみないと分からないわよね」

ドライバーとしても営業――配達員でも常にチラシやパンフレットを手にし、新規会員の勧誘も仕事のうちらしい――としても有能だったと聞いていたが、そんな彼女でも、やはり全く同じ条件で復職できるとは限らないのだろう。

「問題は、保育園に入れるかよねえ。この辺りも待機児童多いから」

「ああ」

事情に疎《うと》い直とて、そのことは知っていた。仕事に出ることを望む子育て中の女性の数に対して保育園が圧倒的に足りていないことは、この数年で一気に社会問題化していた。

「二村くんの彼女は先生だっていうから、福利厚生は万全だと思うけど……でも逆に責任ある立場だから、仕事と子育ての両立は簡単じゃないわよね。少なくとも、一人では絶対に無理」

一人、という言葉が胸に刺さる。そう、一人じゃ無理だ、祥子一人では。

「芳雄は、二村くんの彼女がまだ迷ってるんじゃないかって言ったけど、迷ってるっていうか、確かめたいんじゃないかな」

「確かめたい……俺の気持ちを……」

直の呟きに、香織は付け加えた。「と、自分の気持ち」

「自分の？」

香織は肯いた。

「もしあなたが『堕ろせ』って言った時、あなたのことをどう思うか。もしかしたらあなたに幻滅するかもしれない。こんな人の子供なんて産みたくない、そう思うかもしれない。それでも、一人で産んで育てられるか」

確かにそうだ。嫌われ、憎まれるに違いない。いや、今だってもう——。

「彼女、三つ上って言ったっけ」

香織の言葉に現実に引き戻される。

「確かにそろそろマルコウではあるけど、まだ最後のチャンスってわけでもないと思う。本当に子供がほしいんだったら二村くんなんかとはさっさと別れて、他の人ともう一度子づくりすることだってできる。ううん、彼女にとっては、その方がいいに決まってる。シングルマザーとか、望まれない子を無理やり産んで結婚なんかするより」

香織は急に気恥ずかしそうな顔になり、

「あら私も偉そうなこと言っちゃった。コーヒーでも淹《い》れようか」

とキッチンに去っていった。

その通りだ、と直は思う。自分なんかより、他の男の子供を産んだ方が――。

彼女は望み通りのことを言ってくれたはずなのに、しかし少しも嬉しさは感じなかった。

背後で人の起き上がる気配がした。

「まあ、あんまり気にするな」

半身を起こした森久保が、ボソッと言う。

「なんだ寝た振りか」

「『殺してやろうかと思った』で目が覚めた」友人が苦笑する。

直も弱い笑みを返した。

「俺も結構頑張ってるつもりなんだけどなあ」

森久保は嘆くような声を出しから、「でもな」と真剣な横顔を見せた。

「お前もあんまり意地になるな」

「意地……?」

「そうじゃないのか。自分の家族のこと……まあ、それは俺のことだけどな」

森久保とは学生時代からの付き合いだから、互いの家族のこともよく知っている。

「この前、いつ子供をつくろうと決めたのかって訊いたよな」友人が言う。

「……ああ」

「結婚する時、あいつが言ってくれたんだよ」

森久保はキッチンの方を見やった。

「『いい子供になれなかったからって、いい親になれないわけじゃない』ってな」

そして、直のことを見た。

「お前も、きっとそうだ」


森久保の部屋を出て駅まで歩く道すがら、直は友人から言われた一言について考えていた。自分は、「意地になっている」のだろうか。だとしたら、何に対して。

森久保は、おそらく親——特に父親のことを言っているのだろう。

彼とは学生時代、互いに父親との折り合いが悪いということで意気投合し、酒を飲んではそのうっぷんをはらしていた。

彼のところは代々医者の家系で、父親は内科専門のクリニックを開業していた。三つ上の姉はいたものの、長男である森久保が跡を継ぐのだと幼い頃から厳しく育てられたという。

厳しいというのは口だけではなく、彼の父親はよく手が出たらしい。それは子供だけにではなく元看護師だったという妻に対しても同様で、常に見下した態度で自分がいかに大変な、尊い仕事をしているか、ということを力ずくで教えこもうとしたという。

幼い頃は従順にその教えを守り、必死に勉強をしていたという森久保も、多感な時期を迎えるにつれ、父の言動が間違っていると思うようになる。同時に、医師になること、家を継ぐのを強要されていることについても疑問を持ち始めた。

県内でも有数の進学校に進みながら、勉強は全くせず、バンドを組んでライヴハウスに出入りするようになった。当然父親は彼を強く叱責し、力で間違いを正そうとしたが、その頃には体格も腕力もしのいでいた森久保は同じく力で対抗し、息子に組み敷かれた父親は、憎しみの目で「出ていけ！」と告げたという。

母親はお父さんに謝りなさいと泣いたが、彼は言われた通り家を出た。奨学金で進学できる先として直と同じ大学を選び、アパートの家賃も学費も生活費もバンドでの稼ぎと肉体労働のバイト代でまかなった。

俺は絶対子供なんかつくらない、と二人で同調していたのはその頃のことだ。

しかし、直の方には、森久保ほど深刻な事情はなかった。

強権的なところは似ていたが、秀人は暴力は振るわなかったし、次男である直に、親と同じ仕事を目指せとは言わなかった。それでいて直は、幼い頃からどこか家の中に、自分の居場所を見つけられないでいた。父と母と兄。その三人がいれば十分じゃないか、自分がいる必要はないんじゃないか、という思いが拭えないでいた。高校、大学と進むにつれ、その思いは薄まるどころかどんどん膨らんでいった。

まだ自宅から大学に通っていた頃のことだ。帰りの電車の中で父を見つけたことがあった。

「仕事帰り」の父親の姿を見るのは、初めてのことだった。咄嗟に目を背けようとしたが、その瞬間、目が合ってしまった。向こうにも「お」というような表情が浮かんだから、気がついたのは間違いない。だが直は目を逸らし、その場から動かなかった。最寄り駅に着くまであと二十分近くある。その間、父と顔を突き合わせ、どんな話をすればいいのか分からなかった。ひたすら気まずい時間が続くに違いない。嫌だなと思いながらも、父が声を掛けてくるのを覚悟していた。

だが、父は近づいてこなかった。帰宅ラッシュの時間帯ではあったが、動けないほど混み合っていたわけではない。結局電車が最寄り駅に着くまで、その状態のままだった。駅に着き、ドアが開くと、直は俯いたまま少し遅れてホームに降りた。立ち止まって顔を上げると、階段へと向かう人々の間に父の背中が見えた。こちらを振り返る気配はなかった。しばらくその場で時間をやり過ごしてから、階段を上った。

家に帰った時、父はすでに帰宅し、着替えをしていた。夕食の時顔を合わせても「電車の中で会った」という話は出なかった。

その時、直は悟った。父も同じなのだ。

息子と顔を突き合わせても気まずい時間を過ごすだけ。気づかない振りをしようと決めたのだ。

それからアルバイトで金を貯め、アパートを借りた。家を出ると言った時にも、数年後に大学をやめた時も、多少咎《とが》められはしたものの、本気で反対されるということはなかった。必要とされていない代わりに、何も期待されていない。それで良かった。

きっと、向こうも同じだ——。

自分と父は似ている。

直は、そのことがずっと嫌でたまらなかった。顔かたちだけではない。ちょっとした仕草や口調なども、年を経るにつれてどんどん父親に似てきていた。相手を小馬鹿にしたような半笑い。湯呑やカップを置く時ドンと大きな音を立てること。腰を痛めた時の無様な恰好——鏡に映った自分の姿を見て、あまりにも父親に似ていて愕然としたこともある。

自分は間違いなくあの人の血をひいている。いくら忌み嫌おうとしても、血は、遺伝子は、変えることができない。その事実に絶望した。

駅が近いのか、周囲を歩く人の数が増えていた。もう重いコートを羽織っている人は少ない。頬に当たる風にも、さほどの冷たさは感じなかった。季節は変わりつつあるのだ。

自分だけが何も変わっていないのだろうか、と思う。

電車の中で父を見かけたあの時から。いや真夜中の階段で泣いていたあの時分から。俺だけが立ち止まったままなのか——。

アパートに戻る途中、祥子から電話があった。

彼女は自宅で療養していた。学校には事情を話し、当分の病欠を了解してもらったらしい。この時期に学年主任の長期欠勤は学校や児童にとって痛手だろうが、それ以上に未婚の彼女が妊娠しているという事実は衝撃を与えたに違いない。

祥子の母がしばらく彼女の部屋に滞在することになっており、食事を含め身の回りの世話をすべてしてくれるから、直がすべきことは何もなかった。

「紗智ちゃんのお母さんから連絡があったの」

体は順調に回復していることを告げてから、彼女が言った。

「ほんと——何だって？」

もしかして紗智の居場所が分かったのか。

「紗智ちゃんとお父さんがいなくなったことを最近知ったんだって。連絡がとれないんでどうしたんだろうと思ってあちこちに尋ねて、私が二人の行方を探していることを知ったらしいの」

「じゃあ、お母さんも二人の居場所は」

「知らないって」祥子は残念そうな声を出した。

「そうか……」

「でも、お父さんが家を出た理由には心当たりがあるって。話してもいいって言うんだけど……私はまだ出かけられないし、あちらに来てもらうわけにもいかないし……」

「じゃあ俺が行くよ」躊躇《ためら》いなく、その言葉が出た。

「直が？」

「ダメかな」

「ううん、そうしてくれたら有り難いけど……でも、いいの？」

「ああ、俺も会ってみたいし」

それは本音だった。直接母親から、紗智やその父親のことを聞いてみたかった。

「じゃあお母さんに確認してみる。また連絡するね」

その日のうちに祥子から再び電話があり、紗智の母も了解したので、と住所を教えてもらった。

翌日、直は紗智の母親、栢本真帆《まほ》を訪ねた。都心の住宅街、洒脱《しやだつ》な建物が並ぶ一角に彼女が住む五階建てマンションはあった。淡い青色の外壁は真新しく、セキュリティも万全だ。建物の入口で部屋番号を呼び出し、ドアを開けてもらう。

広いエントランスを抜け、エレベータで三階に上がった。教えられた部屋の表札には「関根」とある。今一緒に住んでいるという相手の名前だろう。しかし電話では、紗智の母親はまだ栢本姓を名乗っていた。

チャイムを鳴らすと、しばらくしてドアが開いた。

「わざわざどうも」

化粧気のない顔で直を迎えたのは、四十歳ほどの、ぽっちゃりとした体型の女性だった。茶色く染めた長い髪を後ろで縛り、ざっくりとしたセーターにパジャマのようにも見えるズボンをはいている。写真で見た限りだが、目元は紗智に似ている気がした。化粧をすれば、おそらくかなり見栄《みば》えのする顔かたちだろう。

「どうぞ」

少しかすれた声で、真帆は直を招き入れた。具合でも悪いのか、どこか動きが大儀そうだった。

「リビングは散らかってるから」

玄関からすぐのダイニングに通され、テーブルを挟んで二つ置いてあった椅子を勧められる。キッチンに向かう彼女に「どうぞお構いなく」と声を掛けると、「何もないけど」と愛想のない声が返ってきた。

やがて戻ってきた真帆は、ウーロン茶のペットボトルを二つと、ポテトチップスが山ほど入ったボウルを持ってきてテーブルに置いた。

「良かったらどうぞ」

そう言って、彼女は自らポテトチップスをつまみ、口に運んだ。

自己紹介や用件は、事前の電話ですんでいる。それでも、まずは確認した。

「やはり、二人の行き先に心当たりはないですか」

真帆は億劫そうに首を振った。

「こっちが知りたいぐらいなのよ。ちょっと連絡とりたいことがあって。相野先生が探してくれてるって聞いたから、何か分かったかなって思って電話してみたんだけど」

「こちらでもまだ分からないんです」

「そうだってね」

真帆はさして落胆した様子もなく、再びポテトチップスに手を伸ばす。

「もしかしたら、なんですが」と直は言った。「名古屋やその近くにいる可能性があるんですが」

「名古屋?」真帆が眉をひそめた。

「ええ、何か心当たりはありませんか。名古屋周辺にどなたか知り合いがいるとか」

「ないわね」

ほとんど考えもせずにそう答えてから、真帆は「名古屋ねえ」と呟いた。

「そんなところまで逃げてるの……」

「逃げてる?」

直が訊き返すと、真帆は「そう」と肯いた。

「借金取りから逃げてるの。家を出たのは、それが理由」

予想はしていたが、やはりそういうことだったか。

「とっくに自己破産してるんだけど、諦めない相手もいてね」

「自己破産してもダメなんですか？」

「元々違法なことをしている連中だからね。裁判所に間に入ってもらって調停をお願いはしてたみたいなんだけど、追い込みに耐えられなくなっちゃったのね」

「どうしてそんなことに……」

真帆は小さく首を振り、「あの人、ずいぶん前から仕事をしてなかったの」と言った。

「前はアルミサッシの営業をしてたんだけど……三年ぐらい前にリストラにあって。それはまあ、今のご時世よくあることだけど……あの人、それをずっと私たちに内緒にしてたの」

「内緒に？」

「言わずに、職探しをしてたの。それまでと同じようにスーツを着て、朝『行ってきます』って家を出て……ほんと、馬鹿みたい」

そう言って、うっすらほほ笑む。口で言うほど馬鹿にしているようには見えなかった。

「最初は、すぐに次の仕事を見つけて、それから話せばいいぐらいに思ってたらしいんだけど、うまくいかなくて……そのうち就職活動をする気もなくなって、ずっと会社に行っている振りをしてたの」

「でも、その間の給料とかはどうしてたんですか」

国道が近いためか、車の通る音がひっきりなしに聞こえてくる。中に、救急車のサイレンの音が混じっていた。

「消費者金融で借りて、会社の名前で口座に振り込んでたの。手がこんでるでしょう？　それで私も気づかなくて」

「どれぐらいの間、そんなふうに？」

「だから二年近く」

「そんなに……」

「そのうちヤミ金みたいなところからも借りるようになったらしくて、家に督促《とくそく》の電話が掛かってくるようになってね、それで問い詰めたらようやく白状したってわけ」

「それで、離婚ということに……」

「私もそんな薄情じゃないわよ」

真帆は抗議するように口を尖らせた。

「とにかく借金を返すことが先決だから、私も仕事を探したの。もちろんあの人にも何でもいいから働けって言ったんだけど……もうその頃にはすっかり働く気がなくなっててね。私の方は幸い前にやってた仕事の縁で、働き口が見つかってね。それで、あの人には家事を任せて私が仕事するようになったんだけど……まあ、結局こういうことになっちゃったわけ」

真帆は薄く笑ってチップスを口に運び、ウーロン茶で喉を潤《うるお》した。

「とにかくあの人が見つからないと困るのよ」

真帆の口調が、急に変わった。

「何でも知ってることは話すから、早いところ見つけてくれない？」

「ええ、こちらも努力してるんですけど……一つお訊きしたいことがあるんですが」

祥子から「確認してくれ」と頼まれていたことがあった。

「何？」真帆がこちらを見た。

「もし紗智ちゃんを見つけることができて……その時彼女が、『お母さんのところに行きたい』と言ったら、受け入れてもらえますか」

真帆の目が、左右に動いた。そして俯くと、首を横に振った。

「無理ですか」

「……そうね」小さい声で答える。

「今のご主人の理解は得られませんか」

「……新しい家族ができちゃったからね」

呟いてから、「大体、そんなこと、言わないわよ、あの子は」と付け加えた。

「そんなことって？」

「あたしのところに来たいなんて、あの子が言うわけない」

真帆は自嘲《じちょう》するような笑みを浮かべた。

「離婚する時にもね、どっちにつくか、訊いたわけよ。まあ訊かなくても分かってたけど……小さい頃から不思議なぐらいパパっ子でね。まあ、似たもん同士だから」

真帆はウーロン茶のペットボトルを摑み、口に運んだ。

「女の子のくせに、父親似でね。顔はともかく、性格や体型はあっちそっくり。気が小さいくせに変に頑固なところがあって……生まれた時も、他の子はみんなプクプクしてて可愛いのにあの子だけクモみたいに手足が細っちくて、ほんとあの人にそっくりだった」

真帆は目を伏せると、もう一度、「言わないわよ、そんなこと」と小さく呟いた。

7　交渉役

祥子の母は医師の言いつけ通り娘に安静を徹底させていた。直が訪れた時も、祥子は食事が終わった後の片づけを手伝おうとして「寝てなさい」と叱られていた。部屋はすっかり整頓され、テーブルには鮮やかな黄色の花が活《い》けられている。

「でもこんな生活してたら、私、良くなってから何もできなくなっちゃうよ」

子供のような口調で母親に言葉を返す。

「いいから今ぐらい甘えなさい。これからいろいろ大変になるんだから」

「はいはい」

祥子は仕方なさそうにベッドに入り、直に向かって照れた笑みを見せた。

部屋には、まだ食事の後の香りが残っていた。

「いい匂いだな」

直が言うと、「あ、お昼まだ？　食べれば」と祥子が応える。

「お母さんのつくった根菜《こんさい》の煮物。おいしいよ」

「あ、いや、でも」

会話が聞こえたらしく、キッチンからも
「あ、良かったら召し上がってください。お口に合うかどうか分かりませんけど」と雅美の声がする。

「あ、じゃあすみません。少しだけ」

「はい、今温めますから」

「すみません。あ、ご飯はいいです。おかずだけで」

「はーい」

「根菜の煮物か、いいね」とキッチンからベッドの祥子へ顔を戻す。

「根菜は体を温めてくれるから」

答えてから、祥子は続けた。

「春は芽のもの夏は葉のもの秋は実のもの冬は根のもの」

「うん？」

「お母さんの口癖。旬のものを食べるのが一番おいしいし、体にいいって、子供の頃からよく聞かされた」

「ふーん、春は何だって？」

「芽のもの、夏は葉のもの」

「秋は実のもの、冬は根のもの、か。なるほどねえ。分かりやすい」

雅美が、温め直した煮物を運んできてくれる。

「どうぞ」

「あ、すみません、いただきます」

サイドテーブルの前に腰かけ、根菜の入ったお椀を手に取る。にんじん、れんこん、里芋、大根などがくたくたになるまで煮込まれている。味は中まで染み込み、口にすると、体の底からじんわりと温まってくるのを感じた。

思えば、今まで何度か食べさせてもらった祥子の手料理は、確かに季節季節の食材を使ったものだった。その時はさほど気に留めなかったが、それは、母から娘へと伝えられた味だったのだ。

「おいしいです」

直が言うと、雅美が返答する前に「でしょう?」と祥子が答える。

「お母さん、料理だけは得意なのよ」

「あら料理だけで悪かったわね」

「あ、ごめんごめん、そういう意味じゃないから」

「いいわよ、一つぐらい取《と》り柄《え》があれば」

「あれ、私には何の取り柄もないって言いたいの」

たわいのないことを口にし、二人で笑い合う。直は、口を挟まず二人のやりとりを眺めた。

どこから見ても、本物の母子だった。しかし――。

継母というわけではありません。

あの時、病院のデイルームで、雅美はそう話した。

あの子が小さい頃、まだ三歳の時に、養子縁組をしたんです。

今から三十数年前のこと——。


結婚して何年経っても子宝に恵まれず、しかし諦めきれなかった相野夫妻は、里親を募集していた地元の乳児院を訪れた。そこで、まだ二歳になったばかりの祥子と出会ったのだという。

里親希望の人は、園の子供たちと自由に遊ぶ時間をもらえる。雅美たち夫婦が交流スペースに入っていくと、最初は人見知りをした子供たちも、すぐに抱っこやおんぶと寄ってきたという。

でも祥子だけ一人、その輪から離れて、一度も近寄ってこなくて……。

当時のことを思い出すように、雅美は遠くの方を見つめた。

広く、明るい日差しが入るその部屋の隅で、物陰に隠れ、一人遊びをしていた少女。

こちらから話しかけても何も応えず、表情のない顔を返すだけだったんです。

そう雅美は続けた。その時は言葉が遅いだけかと思ったんですが……。

後で職員から、母親から産院のベッドに置き去りにされた「捨て子」だということを聞かされた。身に着けていた肌着の他には、小さなお守り袋が一つだけ。その中には、

〈すみません、祥子をよろしくお願いします〉

と書かれた紙片が入っていた。

あ。そこで直は思わず声を上げた。

そのお守り袋って、今でも彼女が持ってる……。

雅美は肯いた。いつもバッグにつけているからご存じでしょう?

そうだったのか――。

生みの母との唯一の絆である古びたお守り袋。だから、いつも肌身離さず身に着けていた。それを、紗智に盗られてしまった。彼女があれだけこだわっていた理由が、分かった。

あれは、彼女にとって実の母の形見なのだ――。

相野夫妻は祥子の里親になることを決め、慣れるために何度も乳児院に通った。祥子も少しずつ笑顔を見せるようになってくれ、そして夫妻は彼女を引き取り、三歳になるのを待って、正式に養子縁組をした。

あの子には、養子であることは小さいうちから話していました。どうせいつかは分かることですから……。

そう雅美は話した。

私もお父さんもあなたのことを本当の子供以上に愛している、といつも言い聞かせながら……。

幼い祥子が、それをどこまで理解していたかは分からない。だが、やがて多感な時期を迎えても、そのことで悩んだり荒れたりしたことはなかった。

一度だけ、訊いたことがあるんです。あの子が高校を卒業する頃に。

雅美は言った。

本当のお母さんに会いたいと思ったことはある？　って。

少し間を置いてから、続けた。

ううん、って首を振りました。私はお父さんとお母さんを本当の親だと思ってる。自分を産んだ親に会いたいとも思わない。そう言ってくれました。

雅美はコーヒーを口に運んだ。そして、でも、と続けた。

今あの子が、どうしても自分の子を産みたいと思っているのは、そのことと無関係ではないと思います。あの子は、どうしても自分の子供がほしいんでしょう。本当の、自分の家族が。

雅美は少し寂しげな笑みを浮かべ、直のことを見た。そして、深々と頭を下げた。

祥子のこと、どうぞよろしくお願いいたします。

彼女は、結局最後まで「お腹の子の父親」について口にしなかった。おそらく祥子から止められたのだろう。母親としては、直に言いたいこと、訊きたいことが山ほどあるに違いない。しかしそれらをすべて飲み込み、よろしくお願いしますの一言にすべての思いを込めたのだ。分かっていながら、直はただ黙って礼を返すしかなかった。

——お母さん。

そう言って、ほほ笑んだ祥子の顔が蘇る。いつか、互いの名前の話になった時のことだ。祥子という名は誰がつけたのか、と尋ねた直に、彼女は少し誇らしげに答えたのだ。お母さん。

本当の、自分の家族。

彼女は、自らそれをつくろうとしているのだ——。

「ごちそうさまでした」

直が食べ終えた食器を流しに運ぶと、「私、ちょっと買い物をしてきますね」と雅美は部屋を出ていった。

「どうだった？　紗智ちゃんのお母さん」

母親がいなくなるとすぐに、祥子が尋ねた。直は、ほとんど成果のなかった真帆とのやりとりについて話した。

「そう……」

予想していたのか、祥子にさして落胆した様子はなかった。

「紗智ちゃんのお母さん、何を困ってるんだろうな……」

直が呟くと、「うん？」と祥子がこちらを見る。

「紗智ちゃんに、なのか紗智ちゃんのお父さんになのか、連絡をとりたいことがあるんだけど、居場所が分からなくて困ってるって、そう言ってたんだ」

祥子が、思案する顔つきになった。

「もしかしたら……」考えながら、答える。

「紗智ちゃんのお母さん、お腹に赤ちゃんがいるんじゃないかな」

「え？」

ふいをつかれた。

「そんな感じはしなかった？」

「お腹は大きいようには見えなかったけど……」

しかし、言われれば思い当たる。初対面の客を迎えるにしてはラフすぎる服装。大儀そうな動き。奇妙にも見えた食欲……。妊娠中だと思えば合点がいった。

そうだったのか、彼女も、妊娠を――。

「でも、そのことを伝えたくて？」

わざわざ別れた亭主に新しい夫の子を宿したことを伝えるために行方を探している、というのも不可解だった。

「正式に離婚してからまだあまり日が経ってないからじゃないかな。だから、ね」

直にはまだ事情が分からない。祥子が、教え子を諭《さと》すように続けた。

「離婚してから三〇〇日以内に生まれた子供は、法律上、前の夫の子とみなされるの。今の夫の戸籍に入れるには、確か前の夫に『その子は自分の子じゃない』っていう訴えを出してもらわなきゃならないんじゃなかったかな」

「訴え？」

「うん。何か変だけど、以前は別れた夫の方が自分の子とは認めたくない場合が多かったからそういう制度ができたんじゃないかしら。今は奥さんの側から訴えを出すこともできるようになったみたいだけど、その場合でもいったん前の夫の籍に入れないといけないみたい」

「そうなのか――」

ようやく腑《ふ》に落ちた。「自分は父親ではない」ことを証言してもらうために、何としてでも前夫、つまり紗智の父親を探し出さなければならないというわけか。

言い換えれば、もう「家族ではない」ことを証明するために二人を探している――。

「紗智ちゃんに、妹か弟ができるのね……」

祥子が呟いた。

確かに、父親が違っても、紗智にとってはきょうだいであることに違いはない。だが、紗智がその弟か妹と「家族」になることはないだろう。

あの時真帆は、はっきり言った。

――新しい家族ができちゃったからね。

それは、新しい夫というより、お腹に宿った小さな命のことを指していたのだ。

紗智は、その新しい「家族」の中に入ることは許されない。

直は、祥子のお腹を見た。ここにも、小さな命が宿っている。

「話さなきゃな」顔を上げ、祥子のことを正面から見た。「子供のこと」

一瞬祥子の顔に、不安気な表情が浮かんだ。それでも、「うん」と直の視線をしっかり受け止めた。

「いつか、話さなきゃいけないと思ってた」

直は言った。

「祥子の気持ちを聞きたいと思ってた。俺と結婚してくれるかどうか。子供を持たない結婚でもいいかどうか……」

口にしながら、意味のないことを言っていると思う。そんな言い訳がましいことを言っても何の答えにもならない。次の言葉が続かなくなった。

「……あなたの気持ちは、何となく分かってた」

祥子が、気まずい沈黙から救った。

「でも、もしかしたら、って思ったの。本当にできたって知ったら、喜んでくれるかもしれないって。子供が嫌いなわけじゃないのは知ってたから」

そして、「子供が嫌いで、あんな写真は撮れないもの」と呟いた。

彼女が何のことを言っているのかは分かった。近所のカフェ・ギャラリーで開いた初めての個展。祥子と出会うキッカケになったその写真展のタイトルは、「視線」というものだった。スタジオに家族写真を撮りに来た客たちの何気ない瞬間を写したものだが、実は子供は一枚も写っていない。若い父親と母親が我が子を見つめる姿——その視線だけを切り取ったものだった。

初めて会った時、問われるままテーマについて話した直に、祥子は、でも、と言った。

でも写っているのは、二村さんの視線ですね。

その時は、嬉しさよりも面映《おもは》ゆい思いが先にたった。そんな大層なものじゃない。たまたまそういう環境にあったから撮っただけだ。タイトルは後からつけた。しかし彼女は、そこに違うものを見ていたのだろうか。気づいていなかった、見えていなかった自分の「視線」を——。

「でも」

目の前の祥子は、その時とは真逆の哀しみに満ちた顔で直のことを見つめていた。

「妊娠を告げた時のあなたの顔を見て、分かった。この人は本当に子供がほしくないんだって……それは分かったけど、なぜだかが分からないの」

そう言って祥子は首を振った。

「……そうだな」

直は肯き、姿勢を正した。「俺は——」

たとえ理解してもらえなくとも、自分の気持ちを正直に話そうと決めた。

「俺はたぶん、怖いんだと思う」

「怖い？　子供をつくることが？」

直が肯くと、祥子は「そんなの、私だって同じよ」と言った。

「私だって怖い。本当に自分がいい親になれるのか、ちゃんと子育てができるのか」

「そうじゃないんだ、いや、そういうことももちろんあるけど――」

どう話せば伝わるのか、もどかしさを覚えながら、しかし必死に話した。

「自分の子供を――自分がつくり出した分身のような存在を、この世に生み出すっていうことが怖いんだ。本当にそんなことをしていいのかって、そんな神様みたいなことを、俺なんかがしてもいいのかって――」

プニプニとした子供の感触が手に蘇る。

何度も何度も飛び掛かってきた森久保の子。

オモチャみたいで面白い、などと考えていた次の瞬間、ひっくり返って頭を打ったあの子。心臓が縮み上がる思いだった。あまりにもろく、あまりに弱い――。

「その子供を、本当に守ってやれるのかって。あの小さい体と心に宿る、痛みや悲しみや恐怖から、自分の子供を救ってやれるのかって」

真夜中の階段で泣いていた、幼い自分。

だって僕、いつか死ぬんでしょ。

死ぬって分かってるのに、何で僕なんか産んだの？

我が子からそう問われた時、なんと答えたらいいのか。

「俺は――俺はそんな、神様みたいなことできないって」

口にしてみれば文字通り子供じみたたわごとだった。そんなことを考えていたら誰も子供なんかつくれない。分かっていた。

それでも、その思いは消えない。子供たちの現状を目の当たりにした今ではなおさらだ。

命なんだぞ、人の命を生み出しているんだぞ？　小さい頃は可愛い可愛いだけだろうけど、生きてるんだ、生きていくんだ。傷つき、悩み、怯え、苦しみ、そうやって生きていくんだ。そのことを、みんな本当に分かっているのか？　俺がおかしいのか？　俺の言っていることは本当にたわごとなのか？

再び、沈黙が訪れた。

近くの幹線道路を走る車の音だけが、小さく聞こえてくる。

今度の沈黙は先ほどのそれとは比べようもなく長かった。そしてそれを破ったのも、やはり祥子だった。

「分かった」

そう口にしてから、「ううん」と彼女は小さく首を振った。

「やっぱり私にはあなたの気持ちは分からない。だけど、あなたが父親になりたくないっていうことだけは、はっきりと分かった」

そう言って直のことを正面から見た。

「子供のことは、私が守る」

きっぱりと、そう告げた。

「あなたが守れなくても、私が守る。どんなことがあっても、全身で。必ず」

自分の腹に手を当て、「この子は、私の子供だもの」と呟く。

「あなたは、あなたの好きにして」

「祥子――」

「もう、いい、もうやめよう」彼女は首を振った。「これ以上話すと、直のことを――」

彼女は再び俯いた。

「たとえあなたがそうなりたくなくても、この子の父親のことを嫌いになりたくない。だからもうこの話はやめよう」

直は何も言えなかった。もう、口にする言葉が見つからなかった。

「今の話、お母さんには、言わないでね」

祥子が、あの笑みを浮かべた。

「私からちゃんと話すから、直からは何も言わないで」

そして、「遅いな」とドアの方を見た。

「買い物なんて何もないのに。きっとその辺ウロウロしてるのよ……可哀想なお母さん」

そう呟いた横顔に、ふいに驚きを覚える。こんな祥子を見るのは初めてのような気がした。

娘であると同時に母でもある。彼女は、そういう顔をしていたのだった。

雅美は、しばらくして帰ってきた。二人の間の空気が変わっていることに気づいたに違いない。

だが、何も言わなかった。

辞去《じきょ》する直を、祥子の代わりに雅美が見送った。

「一度、高崎にも遊びにきてください」

祥子の母は変わらぬ口調で言ったが、直は返事ができなかった。

ドアを閉め、祥子のアパートを後にした。

駅に向かう途中で、ポケットの中で携帯電話が振動した。メールの着信だった。〈名古屋NPO河原〉と表示されている。メッセージを開いた。

『お尋ねの件で、新しい情報があります。ご連絡ください』

どうすべきか、迷った。本音を言えば、もう紗智のことなどどうでも良かった。人探しなどしている場合ではない。他人の子供のことに関わっている場合ではないのだ。

一方で、今は紗智のことだけが祥子との間を繋いでいるようにも思えた。

結局、河原の電話番号を呼び出し、通話ボタンを押した。彼はすぐに出た。

「ああ、二村さん」

「メール読みました。新しい情報って」

「ええ、シバリから連絡があって……」河原はそこで少し声のトーンを落とした。

「詳しいことはできれば会ってお話ししたいんですが、例の親子らしき二人の動向が摑めたんです。女の子は十歳で、東京から来たらしいんですが」

河原の口調に、どことなく胸騒ぎを感じた。

「その子が、〈サチコ〉と名乗っていたらしいんです」

サチコ。紗智と一字違いの名──。

「ちょっと気になるんです」河原が言った。「今の女の子は、偽名にしても、いわゆるキラキラネームを名乗ることが多いんです。サチコという古風な名前は珍しくて」

つまり河原は、それを紗智という名を少し変えたものではないかと疑っているのだ。

しかし直には別の思いが湧いていた。

サチコとは、祥子《さちこ》──祥子《しょうこ》のことではないのか。

「そちらに伺います」直は答えた。「詳しいことを教えてください」

明日の朝一番で向かう約束をして、電話を切った。

しばし考えてから、祥子にメールを入れた。

『急に仕事が入って、二、三日留守にする』とだけ打った。今はまだ、〈サチコ〉のことは告げない方がいい。

祥子からの返信は、なかった。

翌朝、一番の新幹線で名古屋に向かった。バッグの中には、今回はカメラが入っていた。荷物になるかと迷ったが、普段仕事で使っているデジタルカメラではなく、中判《ちゆうばん》のフィルムカメラを選んだ。

　駅で河原と合流し、車に同乗する。行き先は件《くだん》のファストフード店だ。車中で、ここまでの経緯を聞いた。

「いつかお話ししたでしょう。半グレがケツ持ちしてる援デリグループのこと。そいつら、元々はネットで『JKビジネス』を仲介していたんですが……」

「JKビジネス」なるものについては、直も聞いたことがあった。

　JK＝女子高生と触れ合うことができると謳《うた》った新手の接客サービス。「JK散歩」「JKリフレ」「JKカフェ」と名前は変わっても、中身は同じだ。客と女子高生を一対一にさせ、あとは「本人任せ」。客は女の子との交渉次第で正式メニューに書かれた以上の行為——裏オプションというらしい——をすることができる。風営法の規制対象外で今まで行政に立ち入る権限はなかったが、売春にも繋がる可能性があるとして各地で禁止条例ができ、愛知県でも現在では十八歳未満の「店員」の就業を禁止しているという。

「でも全然消える気配はなくて、逆に増える一方です。今は店舗は構えず派遣型が主流で、求人も堂々と出してますからね。ご覧になりますか」

　河原がスマホをこちらに差し出す。画面には、「NHKで紹介された」という謳い文句で、「JKカフェ」なるものの求人が確かになされていた。「高校生のみ対象」とはっきり書かれてある。

「ふざけてるでしょう？　たぶんＮＨＫのドキュメンタリーかニュースで取り上げられたのを、あたかもＮＨＫのお墨付きをもらったみたいに言ってるんですよ」

苦笑してから、「いや笑いごとじゃないんですけどね」と真顔になった。

「もちろんそういうところで働く子たちみんなが裏オプションをやっているとは言いませんけど、運営してるのはまともな連中じゃありません。ていのいい小遣い稼ぎと始めたはいいが抜けられなくなって、裏の世界にどっぷり浸かっていく子もいるんです。それに……」

取締りを受けると地下に潜るというのがこの手の商売の常で、今はアングラ化して、より過激なサービスを提供しているグループがこの地域にはあるのだ、と河原は言った。

「そいつらが、客のリクエストに応じてもっと低年齢の少女も斡旋《あっせん》しているらしいという噂は前から耳にしていまして。うちでも実態を突き止めようと調べてはいたんですが……」

悪い予感は、当たってしまった。

「その中で、〈サチコ〉という女の子の名前が挙がってきたんです。年恰好は、お尋ねの女の子と一致しています。シバリたちが、その子の相手をしたという男を捕まえたので、これから話を聞きます」

相手をした男。それがどういうことを意味するのか。その先は、できれば知りたくなかった。

ファストフード店には、十分ほどで到着した。店に入ると、カウンターの中からいつかの店員が目配せしてくる。河原は肯きを返し、二階へと向かった。

狭い階段の途中に、いかつい顔をした若者が一人、座っていた。河原を見て立ち上がる。首にぶら下げたアクセサリーがじゃらじゃらと音を鳴らし、手の甲から動物の形のタトゥーが覗《のぞ》いた。男は挨拶《あいさつ》するように首をすくめると、二人を通すために体を横にした。どうやら他の客を通さないようにしているらしい。

案の定、二階には、シバリたち以外の客はいなかった。

いつかの少女たちに囲まれるようにして、スーツ姿の若い男が一人、立ちすくんでいた。新たな仲間の登場と思ったのか、怯えた顔をこちらに向ける。

三十代半ばぐらい。普通のサラリーマンという風情だったが、蒼白になったその顔を見れば、どんな手段を使ってここまで連れて来られたか想像がつく。

「その男か」

河原の言葉に、シバリが黙って肯いた。

「こいつ――」

うさこと呼ばれていた緑のメッシュの少女が、今にも唾《つば》を吐き掛けんばかりに男を示す。

「札付きのロリオタやって。前からその筋では知られとったらしいが」

「勘弁してくださいよ、俺、なんもしてないすから」

河原のことを「ボス」と見たのか、すがるように男が訴えた。

「何もしていないなら心配することはない」

河原は冷たい声で返し、直が渡した紗智の写真を男に見せた。

「君の相手をした女の子っていうのは、この子じゃないか？」

男は、写真を見ようとしなかった。

「いや、違います。俺、なんも知らないっす」

「おめぁ、なめとんのか、写真見とらんがや！」

髪を金色に染めた背の高い少女が男のすねに蹴りを入れた。尖《とが》ったヒールのつま先が見事にヒットし、男は「ひゃっ」と声を上げ、うずくまる。

「ひゃ、じゃねえわ、ちゃんと見てみいや！」

「しおり、手は出すな」河原が言う。

しおりと呼ばれた金髪の少女は、不満気な顔でそっぽを向いた。

「よく見てくれ」

河原は、しゃがみ込んだままの男に写真を突き出す。今にも泣きそうな顔で河原を見た男は、仕方なさそうに視線を写真に落とした。

「いや、よく分かんないす……」

「おめぁいい加減なこと言っとると、許さんぞ！」

少女が大きな声を上げる。

「しおり」

河原が静かに制した。シバリはその隣に無言で立っているだけだが、威圧感は十分だった。

「いやほんとに……」男は顔を歪めた。「似てるような気もするけど、違うような気もして……ほんと分かんないんす」

「エッチなことしようとした女の子の顔、覚えてないわけないやろが！」しおりが恫喝《どうかつ》する。

「エッチなんて……ただカラオケ行って、その後レンタルルームで写真撮っただけですから」

「写真て何や！」

「いや、だからその、記念写真つうか」

「変な恰好させて撮ったんやろが！」

「その写真はあるんですか」思わず、直は言葉を挟んだ。

初めて男が直のことを見る。相手の立ち位置を推し量《はか》るように戸惑《とまど》った表情を浮かべたが、

「ありますけど、顔写ってないですよ。顔出しＮＧだっていうんで」

と答えた。

スマートフォンに保存してあるという写真を見せてもらった。薄い生地でできたセーラー服のような洋服を着た少女が写っていた。衣装には見覚えがあった。少年少女たちに人気のアニメ番組で、主人公の魔法使いの女の子が着ている服だ。

手で顔を隠しており、紗智かどうかは判別できない。直はすぐに目を逸らした。少女はカメラに向かって足を広げており、下着が丸見えになっていた。顔は見えなくとも、ローティーンであることは間違いない。

「ねえ、これだったらセフセフでしょう?」男がおもねるように言った。

「セフセフじゃないわ、アウトに決まっとるが!」

しおりが、男のみぞおちの辺りに拳《こぶし》を入れた。「うえっ」と言って男がうずくまる。明らかな「暴行」だったが、河原はもはや止めようとせず、直もまた、止める気は起きなかった。

河原がシバリに向かって肯いた。彼も分かった、というふうに肯きを返し、男に言った。

「帰っていいぞ」

「あん!?」しおりが目を剝いた。

うずくまっていた男は、驚いたように顔を上げた。

「何ぃ!」うさこがシバリに迫る。

男は半信半疑の顔だったが、立ち上がると、頭を低くして、階段の方へと足を向けた。

「このまま帰すんか！」しおりが喚く。

そろりとした足取りで階段の前まで来た男は、次の瞬間、脱兎《だっと》のごとく駆け下りていった。

「待て、こらぁ！」

「やめろ」

シバリに制止され、少女たちがくってかかる。

「シバリ、おめぇ、びびってんのか⁉」

「おめぁがやらんなら、うちらだけでやったるわ！」

「場所を変えましょう」

河原が、落ち着いた声で直に言った。

憤懣《ふんまん》やるかたない少女たちの相手はタトゥーの男に任せ、シバリとともにＮＰＯの事務所に向かった。以前と同じ応接スペースに腰を落ち着ける。

「良かったんですか、あの男を帰してしまって」

その点に関しては、直も少女たちと同意見だった。

「相手のグループは分かってますから」

「じゃあ警察に？」

河原は首を振った。「今はまだ。証拠が十分じゃありません」

「さっきの男が証人になるんじゃ――」

河原は再び首を振った。「警察の前では本当のことは話さないでしょう。どんな報復が待っているか知っていますから」

ちらりとシバリのことを見る。それでもさっきはあれだけしゃべったということは、相手グループ以上にシバリのことを恐れているということか。

「それに今は、〈サチコ〉ちゃんに接触することの方が先決です。違いますか？」河原が冷静な口調で言う。

「でも、どうやって……」

「グループを通さなくても、直接交渉できそうなんです」

「直接交渉？」どういうことか、事情が分からなかった。

「さっきの男が〈サチコ〉に会った時、『マネージャー』と名乗る男から次回、直引《じかび》きしないかと誘われたそうなんです」

「直引き？」

「グループを通さず、直接交渉しないかと、自分のＬＩＮＥのＩＤを教えたそうです」

「そのマネージャーというのは……」

「四十代ぐらいの痩せた男だったそうです。たぶん、〈サチコ〉の父親でしょう」

「親が、子供の援助交際の仲介を――」

「珍しいことじゃありません」河原が何でもない口調で続けた。「居所不明児童の存在が事件化で発覚するという話を以前にしましたよね。その際には、大抵親の関与があるんです。早い話、せっぱつまった親が、子供を使って稼ごうとするんです。万引きや窃盗なんてましな方で、母親に『殺してでも金を取ってこい』と言われて、本当に祖父母を殺して金を奪って逮捕された十七歳の少年の事件もありました。その子も母親に連れられ何年も路上を転々とした挙句の犯行でした」

「……信じられない」

「そんなのザラすよ」

それまで黙っていたシバリが、ふいに口を開いた。

「親が『振り込め』に子供を使ったり、売春《うり》をさせたり。しおりなんて、ババアとセットで売りやってましたから。母子3P《おやこどんぶり》でスペシャルプライスだって。笑えるでしょ」

にこりともせずに、シバリは言った。

直は言葉を失った。

しばらくして、河原が気を取り直すように「それで」と口を開いた。

「これから、父親と直引き交渉をします。〈サチコ〉ちゃんと会えるように段取りをして、会えた時点で、保護して警察に通報します」

いわばおとり捜査、だ。彼らは、ここまでやるのだ。このやり方で、今まで子供たちを救ってきたのだ。

「いつ、父親と？」ようやく直も口をきくことができた。

「まだ決めていませんが、近いうちに」

「決まったら教えていただけますね」

河原は、答える代わりに探るような視線を向けてきた。

「二村さん、『父親』と会う気はありますか？」

「え？」

言葉の意味がよく摑めなかった。

「二村さんにその気がおありでしたら、『交渉役』をお任せできないかと思っているんです」

「交渉役？　私が？」

突拍子もない言葉に、声が裏返った。

「ええ」河原は表情も変えず肯く。「というのも、相手が我々の考えているようによそから流れてきた相手だったらいいのですが、もし地元の常習犯だった場合、うちのスタッフは面が割れている可能性があります。シバリたちはなおさらです。その場合、相手は待ち合わせ場所には現れないでしょう。ここは慎重に、面が割れていない人間に交渉にあたってもらおうと考えていたところだったんです」

河原は直のことを見据えた。

「私は、二村さんが一番の適任ではないかと提案しました。ご本人さえよければと、うちのスタッフも同意しています。もちろん指示はこちらから出します。近くに私を含め、スタッフが待機します。シバリたちも」

河原がシバリのことを見ると、彼は黙って肯いた。

「証拠を摑んだらすぐに警察に通報しますし、危険はありません」

「いや」

そんなことをするつもりは毛頭なかった。だが返事をする前に「二村さんが現場に一番乗りすれば」と河原が続けた。

「〈サチコ〉ちゃんの姿を、他の人間の目にさらさなくてすみます」

〈サチコ〉ちゃんの姿。サラリーマン風の男のスマホに保存されていた女の子の写真——。顔を隠した少女の姿が、紗智と重なった。

そんなものを、他人に見せてはいけない。

「分かりました、やらせてください」

直は、そう答えていた。

8　待機所

「ここです、どうぞ」

年季の入った二階建てのアパートだった。集合ポストから郵便物を抜いて廊下を歩いていく河原の後に、直も続いた。床はところどころひびが入っていて、モルタルの外壁もかなり傷みが目立つ。

しばらくこの地に滞在することになり、ビジネスホテルを探そうとした直に、「良かったらうちに来ませんか」と河原が声を掛けてきた。ホテル代が浮いて有り難い話ではあった。一応「でもご迷惑じゃありませんか」と遠慮してみせると、「いえ、狭くて汚いところですけど、それでよろしければ」という答えが返ってきたため、厚意に甘えることにしたのだ。仕事を終えた彼と待ち合わせ、市内のはずれにある自宅アパートまで一緒にやってきたところだった。

「ただいま」

河原が玄関を開けると、

「パパ、お帰りっ」

小学校低学年ぐらいの男の子がいきなり飛びついてきた。いまどき珍しい坊主頭を押しつけるようにして、河原にまつわりつく。面食らっている直を見て、河原が「ほら、シュン、お客さんにご挨拶は」と促した。

「こんばんは！」

元気よく挨拶をしてくる男の子に、直は慌てて「こ、こんばんは」と挨拶を返した。

「さ、どうぞ」

促され、玄関のたたきを見ると、子供用の靴で溢れかえっていた。

「すみません、もしかして河原さん、ご家族が？」

「ええ」河原がきょとんとした顔で振り返る。「まずいですか？」

「いえ、てっきり河原さん、お一人かと思っていたものですから……」

実際、河原が「家庭もち」だとは全く想像していなかった。

「あの、やっぱりご迷惑じゃ」

「いえ、全然。無理なお頼みをしてるのはこちらの方ですから。さ、どうぞ」

玄関からすぐの居間に上がって、さらに驚くことになった。「お一人」どころではない。出迎えてくれた男の子に加え、妻に、中学生ぐらいの長女、母親の背後でもじもじしている四、五歳の女の子、と彼の家族を次々に紹介されたのだ。

「すみません、いきなり……」

挨拶もそこそこにキッチンに入っていこうとする河原の妻に、頭を下げる。

「いーえ、全然」

三人の子供を産んだとは見えない華奢《きやしや》な体つきをした夫人は、屈託《くつたく》のない笑顔で応えた。

「うちはスタッフの方を大勢連れてくるなんていつものことですから。どうぞご遠慮なく」

二人の帰りを待っていてくれたらしく、夕食は全員ですき焼きを囲んだ。年頃の長女こそはにかんだ笑みを浮かべ言葉少なだったが、男の子は食事中も元気よく飛び回り、人見知りしていたおかっぱ頭の末の女の子も直の方を気にするように何度も見る。

「ああお母さん、白いとことらんでー」

「あらミナちゃん白身嫌いなんじゃないの」

「ううん、ミナちゃんおねえちゃんになったから食べれるん」

直が見ていると、自慢そうに卵の白身と黄身をかき混ぜる。

「俺も白菜食べれる！　臭《くさ》い葉っぱも食べれる！」

「あらシュンちゃんも。お客様がおるとみんなええ子ねー」

河原は終始笑みを浮かべ、子供たちのことを楽しそうに眺めている。同じ笑みでもいつもとは違うとはっきり分かる顔だった。

しばらくしたところで、玄関のチャイムが鳴った。

「はーい」と河原の妻が出ていく。

「あ、来たかな」河原が口にした。

妻と一緒に入ってきた男を見て、「シバリ！」すぐに男の子が飛びついていく。女の子も、直の時とは違って親しげな様子で駆け寄っていった。

「おつかれ」

河原が迎えると、「どうも」とシバリは無愛想にテーブルに着いた。

「シバリ、遊ぼう！」

腕を引っ張る男の子を、シバリは「まずは飯を食わせろ」と邪険《じやけん》に振り払う。乱暴にされるのが嬉しいようで、なおも男の子は腕を引っ張り続ける。シバリの方はお構いなしに箸《はし》を摑む。さっきと違って河原の妻は注意もしない。幾度も繰り返された光景のようだ。

シバリが食卓に置かれたものを食べるスピードは、驚くほど速かった。用意されたものを無言のまたいらげると、「ごちそうさまです」と手を合わせた。

「食べ終わったん、遊ぼう」

再びじゃれついてくる男の子を「ちょっと待てって」とあしらう姿には愛嬌《あいきよう》のようなものがあり、ファストフード店で会った時の印象とはだいぶ違う。

「カメラ、やってるんすか」

ふいにシバリが言った。視線は向いていなかったが、どうやら直に訊いているらしい。

カメラバッグに気づいていたとは意外だった。

「あ、うん、一応カメラマン」

ややや緊張を覚えながら答える。

少し間が空いてから、再びシバリがボソッと口にする。

「そういうの、専門の学校行くんすか」

「そうだね……行く人が多いけど、俺は独学っていうか、アルバイトで写真館の雑用をするようになって、そこの人にいろいろ教えてもらいながら」

シバリはかすかに肯いたが、それ以上は何も言わず「早く遊ぼう」とせっつく男の子の相手を続けている。

「カメラに、興味あるの？」

「いや別に」

素っ気ない答えに拍子抜けをする。

「よし、じゃあ遊ぶか」

シバリが立ち上がった。「やった！」と喜ぶ男の子に手を引かれ、隣の部屋へと消えていく。女の子も飛ぶようにそれに続いた。上の娘は直たちに挨拶をして、奥にもう一つある部屋へと入っていった。

「では、どうぞごゆっくり」

最後に河原の妻が、テーブルにウィスキーセットを置き、自分も奥へと消えていった。

隣の部屋からは子供たちがはしゃぐ声がひっきりなしに聞こえてくる。

河原は、「失礼して」と換気扇を回し、タバコに火をつけた。以前言っていた通り、子供たちの前ではタバコを口にしなかった。

「うるさくてすみませんでしたね」

自分のためにウィスキーのロックと、直には水割りをつくり、それぞれの前に置いた。

「彼は？」

隣の部屋の方を見やって訊く。子供たちのはしゃぎ声はまだ断続的に続いていた。

「じきに来るでしょ。気にしないでいいですよ」

河原は何でもないように答えた。

「よくこうやって？」

「シバリですか？　ええ、そうですね」

河原は、ウィスキーとタバコを交互に口にしながら、

「奴はね、私たちの後輩なんです」

と言った。

「後輩？　学校、ですか？」

河原夫妻とシバリが同じ学校に通っていたとは、どうもピンと来ない。

河原は小さく首を振った。「じょうたんって、ご存じないですよね」

「じょうたん……」

初めて聞く名称だった。どういう字を書くかも思いつかない。

「『情緒障害児短期治療施設』って言いましてね、児童養護施設と似たようなものですけど」

河原は、速いピッチで飲みながら答えた。

「虐待の影響とかで『社会適応が困難』とされた子供を対象に、生活支援だけじゃなくて、心理治療もする施設です。養護施設ほど数はなくて、まだ全国にも四十何カ所しかないんですけど、愛知には三つもあるんですよ。女房とは、そこで一緒だったんです。シバリはだいぶ後輩ですけど。私たちがボランティアで出入りしていた時に入ってきた子ですから」

「じゃあ、河原さんも、奥さんも――」

「ええ、私たち、被虐待児《ひぎゃくたいじ》カップルです」

河原は、少しおどけたように言った。

やはり――。初めに会った時に感じた、どこか暗い情熱のようなもの。カンは当たっていたのだ。

「ご存じの児相の羽田さん、私が最初に保護された時の担当者です。六歳の時でしたね」

直の薄い水割りはまだ半分も残っているのに、河原は早くも二杯目のウィスキーをグラスに注いでいる。

「聞きたいですか、どんな虐待を受けていたか」

聞きたいわけはなかった。だが、彼の口元に浮かぶ皮肉な笑みを見て、分かった。彼はこの話をするために直を今晩「招待」したのだ。

「私の父親はね……」

ウィスキーをなみなみ注いだグラスを、河原が持ち上げる。

グラスの中で、氷がからり、と鳴った。

父親は、私を殴る時、まずガムテープで口をふさぐんです。隣近所に声が聞こえないようにね。それから心ゆくまで殴るんです。殴られるのも痛かったですけど、テープで口をふさがれるのが怖くてね。もちろん鼻で息をしようと思うんですが、うまくできないんです。呼吸って、吐かないと入ってこないんです。当たり前ですけどね。こっちは焦って吸おう吸おうとするばかりで、うまく空気が入ってこないんですよ。それを面白がって鼻をつまんでくることもありました。息の苦しさの前に、死んでしまうという恐怖で心臓が破裂しそうで……。母親ですか？　止めませんよ。やりすぎると死んじゃうよ、なんて笑って見てるだけです。母親の方もね、急にかんしゃくを起こすと止まらなくなるんです。料理の最中とかが多かったですね。興奮して熱したフライパンを顔に押し当てられたり、やかんのお湯を頭からかけられたり。殺されないようにと、包丁やはさみを全部捨てたこともあります。それを見つかってまたせっかんですよ……。その頃のことを思い出してもね、なんかふわふわした感じなんですよ。誰でも幼い頃の記憶なんかそうはっきりはしていないでしょうけど、なんていうか、生きていた、という実感がないんです。殴られた痛みも、実はあんまり覚えていません。覚えているのは恐怖だけですね。さっき話した、死んでしまうという恐怖……。つらい、とか、憎い、とかいう感情もあんまり。きっと何も感じてなかったんじゃないかなあ。なぜ殴られるのか理由も分からないから、それに対する感情も生まれてこないんですよ。ただ、少しでも殴られないようにって、それだけです。どこで覚えたのか分かりませんけど、いつもへらへら笑ってるんです。たぶん、こっちに敵意はありませんよって意思表示なんでしょうね。だから嫌わないでくれ、殴らないでくれって、へらへら、へらへらとね。私、今でもいつも笑ってるような顔をしているでしょう。そうじゃありませんか？　よく言われるんです。その時の癖が残ってるんでしょうね。少しでも相手に気に入られるようにって、笑顔が張り付いちゃってるんですよ。……ああ、学校に行かせてもらったのは奇跡ですね。今でも不思議です。親の方も、自分たちに何か問題があるなんて思ってなかったんじゃないですか。親が馬鹿で良かったですよ。それで、小学校の入学時健診の時に体のあざが見つかって……ええ、無数にありましたから。そりゃバレますよね。児相に保護されて……そこで羽田さんに会ったんです。彼女から最初に言われた言葉は忘れられません。あなたは少しも悪くない、悪いのは親の方だ。羽田さん、当たり前のようにそう言ったんです。児相の面談室で、また何か怒られるのかとビクビクしていた私の前に現れて、あの柔らかい笑みを浮かべてそう言ったんです。私は本当にびっくりしました。それまで誰もそんなこと言ってくれませんでしたからね。親からは、お前が悪いことをするからだ、お前は悪い子だ、って言い続けられて。私が虐待されているのを知っていたはずの近所の大人も、親戚のおじさんおばさんだって、お父さんお母さんもいろいろ大変なんだ、親を恨んじゃダメだよ、そう言われていましたから……。悪いのは親の方だ、あなたは少しも悪くない。羽田さんのその一言でどれだけ救われたことか……。羽田さんとは、それからの付き合いです。親代わりっていうか、実際、結婚式には親の代理として参列してもらいましたから。ええ、親とはそれきりです。児相に保護された後、親権喪失の審判が下されて。私はその後、情短《じょうたん》に。かみさんは少し先輩になります。あっちは暴力こそなかったようですけど、ごみ屋敷みたいな家で、社会と全く隔絶した生活を送っていたんです。五歳の時に保護されるまで、外へ出たことがほとんどなかったそうです……。発見された時は裸同然の恰好で、髪も伸び放題。肌の色なんか真っちろだったそうです。ろくに食べさせてもらってないから手足なんて今にも折れそうなのに、腹だけ異常に膨らんで。見たことありますでしょう？　アフリカとかの餓《う》えた子供たちの写真。あんなふうだったそうですよ……。結婚しようと決めた時、すぐに羽田さんに親代わりを頼もうと決めました。最初は嫌がってましたけどね。こんな大きな子供がいる年じゃない、って。ああ、羽田さんね、ご自分はお子さんいないんですよ。ほしかったけどできなかったみたいで。ああ、そうですよね、なんか子だくさんの肝《きも》っ玉《たま》母さんみたいですけどね、見た目は。そんなこと言ったら怒られるか。……後で聞いたんですけど、結婚式の前に、かみさんに言ったそうです。子供は絶対つくれ、たくさんつくれって。河原は怖がってるかもしれないけど、構わないからつくっちまえって……。見抜かれてたんですねえ。実際、子供をつくるのは怖かったです。自分も手を上げてしまうんじゃないかって。あの親の血が自分にも流れてるって思うと……。でもね。

血はもうとっくに入れ替わった。

今の俺は、細胞から全部俺のもんだ。

ってね。あ、これ、シバリの口癖なんです。そう、シバリ。ああ、あれ、あいつのいびきですね。どうやら子供たちと一緒に寝ちまったようですね。あいつは生まれは奄美《あまみ》大島なんですが、イカれた父親に連れ回されてあちこち転々として、こっちに流れ着いて……。とにかくひどいもんです。私なんか比べもんになりませんよ。シバリは、学校に行ってないどころか、戸籍もなかったんです。ポン引き稼業の父親と、女の家やラブホテルを転々としていて。十二か三ぐらいの時にようやく父親のもとから逃げ出して、その後は、万引きやかっぱらいをしながら食いつないでいたんです。ねぐらは路上ですよ。商店街のモール、公園のトイレ。野球場のベンチは雨露《あめつゆ》がしのげていいって。ああ、この前言ってましたね。公衆便所か野球のベンチ、屋根があるとこ転々と。自分の体験ですね。路上だったら自動販売機の裏がいいって言ってました。あそこは冬でもあったかくていいんだって……。そうやって、保護された時には、自分の名前も書けなかったんです。漢字で書けなかったんじゃないですよ。ひらがなも何も、字を書けなかったんです。何であいつがシバリって呼ばれてるか分かりますか？　シバリっていうのは、奄美の言葉で、『小便』っていう意味なんです。とにかくまともに風呂に入ったことがなくて、最初に施設に入れられた時、体中からしょんべんの臭いがしたそうです。それで、つけられたあだ名が『シバリ』です。その頃のあだ名を、今でも自ら名乗ってるんです。あいつなりの意地なんでしょうね。

そのシバリが、どこで覚えて来たのかある時、かわちゃん、人間の細胞っていうのは何年かで全部入れ替わるらしいぞ、なんて言ってきて。で、さっきの言葉を呟いたんです。

血はもうとっくに入れ替わった。

今の俺は、細胞から全部俺のもんだ。

ええ、実際には、細胞が入れ替わったとしても親から受け継いだDNAは変わらないんでしょうけどね。でも、シバリのおかげで私ももう怖くはなくなりました。親は親、自分は自分。今はそう思っています……。

そこまで話して河原は、グラスに残っていたウィスキーを飲み干した。

「今日はこのへんにしておきましょうか。ちょっと酔ったみたいです」

少しも酔いを感じさせない顔で、言った。

〈サチコ〉のマネージャーと名乗る男——おそらく父親——と落ち合う日時が決まるまでは、直にはすることがなかった。とはいえ、向こうの返事がいつ来るかも分からず、来たらすぐに動けるようにしておいてほしい、とも言われていた。どこでどう過ごそうか思案していると、

「シバリたちと一緒に待機していてもらえたらそれが一番いいんですけどね」

河原から提案された。

「私はいいですけど……」

深く考えずに返事をしてしまったが、彼らの「待機所」であるファストフード店の二階に足を踏み入れてすぐに、後悔することになった。

最初に来た時と同じように、広いスペースをシバリと数人の少女たちが独占していた。今日は階段にタトゥーの男はいなかったから他の客が出入りするのも自由のはずだったが、おそらく地元客は皆そこがどういう場所になっているか知っているのか、知らずに入ってきたとしても彼らの姿に怖気《おじけ》づき、すぐに下に戻ってしまうのだろう。

見知った顔であるしおり、うさこに加え、他に二人の少女がいた。小柄でショートパ

ンツにタイツ姿の子と、長い黒髪をソバージュ風にし、一人だけ制服姿の女の子だ。うさことしおりはスマホをいじり、小柄な子とソバージュは二人で雑誌を見ながら何やら笑い合っている。

シバリは以前と同じように少し離れた場所で、背中を丸めるようにしてスマホを操作していた。

「河原さんから、ここで待機してろって言われて……」

直の言葉に、シバリは僅《わず》かに首を動かしただけだった。逆に少女たちは恰好の暇つぶしの相手を見つけたと思ったのか、わらわらと近寄って来た。

「この前、かわちゃんと一緒におった人やん」

声を掛けてきたのは、うさこだった。

「ああ、うん、そう」

彼女たちとどういう態度で接していいか分からず、受け答えもぎこちなくなる。

「『子供の家』の人？」

「いや、違うんだけど……」

「じゃあ何ぃ」

「えーと……」困ってシバリの方を見たが、こちらを一瞥もしない。

「河原さんの知り合いっていうか」

「フクシの人じゃないよね」

小柄な少女が警戒する視線を向けてくる。

「うん、そうじゃない」

「名前は」

尋問されているみたいだと思いながら答える。「二村」

「下の名前は？」

「……直」

「なお。可愛い、女の子みたいじゃん」

急に少女の口調が変わった。

「直くんは何してる人？」と訊いてきたのは黒髪ソバージュの子。この子だけ標準語だ。

「俺は……写真を撮ってる」

「写真？　カメラマン？」

「そう」

「へー、恰好いいじゃん。撮ってよ」

「あ、うちも！」とうさこ。

「いいけど……」

とりあえず彼女たちに受け入れられたことに安堵し、バッグからカメラを取り出した。

直が抱えた中判カメラを見ると、彼女たちの表情が変わった。

「何それ、でらスゲー」

「これ、モデルとか撮るやつじゃんね」一人無関心を装っていたしおりも寄って来る。

「テレビで見たことあるわぁ」

「でらかっこええ」

「触っていい？」

「いいけど」

「それより、撮って撮って」

　そう言ってうさこがポーズをとると、他の少女たちもその周りに集まる。口元でVサインをつくったり上目遣いに下唇を噛んだり、こういう姿はどこにでもいる普通の女子高生と変わらなかった。

　フォーカシングフードを開き、ファインダーを上から覗いた。素通しの窓から入る光と室内灯の明かりが混ざっている。それに合わせて絞りとシャッター速度を決める。最後に、センターで思いっきり笑顔を見せているうさこにピントを合わせた。

「じゃあ撮るよ」

　掛け声などかけなくとも彼女たちは最高にいい顔をつくる。ファインダーを見ながらシャッターを切った。

　バシュッ。久しぶりにその音を聞いた時、直は小さく快感を覚えた。

「撮ったん？」

「撮ったよ」フィルムを巻き上げながら答える。

「フラッシュ光らなかったけど大丈夫ー」

「見して見して」

「いやこれはすぐには見られないんだ、デジカメじゃないから。現像してプリントしないと」

「嘘やん、何それ」

「昔のカメラじゃん」

「まあこれは結構古いタイプのカメラだけど。フィルムのカメラはみんなそうだよ」

「何、フィルムって」

「見れんの、つまらんわ」

彼女たちはもう興味を失ったらしく、散っていった。再び、雑誌を開いたりスマホに見入ったり、という行為に戻る。

その中で一人、うさこだけが直のそばから離れなかった。

「ね、うち一人で撮ってくれん？」

「いいよ」

うさこが再びポーズをとる。あえて半逆光になるように立ち位置を変える。テーブルに置かれた白いトレイに光が反射し、キャッチライトの役割を果たしてくれた。

「じゃ、撮るよ」

「ディズニーって言って」

「うん？　ディズニー」

「シー」

うさこが口を横に開いたところでシャッターを切る。

バシュッ。いい写真が撮れた、という実感があった。

「できたら見してね」

「うん、プリントしてあげるよ」

「ほんと。やったー」

うさこは無邪気に喜ぶと、さらに近寄って来た。

「直くんは結婚しとるん」

「いや、まだしてない」

「マジ？　あたしが彼女になったろか」

「たーけ、いるんだよ相手」無関心かと思えばそうでもないらしく、離れたところから
しおりが会話に割って入る。

「え、そうなん」

「今、『まだ』って言ったがや。『まだしてない』って。もうすぐするんだて、そういう
相手がおるんだわ。そでしょ？」

「あ、ああ、まあ」

「そうなん、でき婚？」うさこが言う。

「いや」ある意味図星で、ドキッとした。

「いいなー、うちもはよ結婚したいわぁ。で、子供ほしいわぁ」

うさこが小さく叫ぶと、しおりが再び茶々をいれた。「何言うとんの、おめぁが結婚できるかよ」

「何で、できるわ。余裕でできるわぁ」

「子供、ほしいんだ」

つい、訊いてしまった。彼女の生い立ち――父からは見捨てられ、母からはひどい虐待を受け、ウサギのエサを食べていた――を考えれば、親を憎んでいるに違いない。それなのに、自分の子はほしいと思うのか。

「ほしいわ。子供、可愛いじゃん」

「おめぁに子育ては無理だわ」しおりがばっさり切る。

「できるわ、うちずっと弟の面倒見とったもん」

うさこがふくれっ面をつくった時、シバリの携帯が振動した。

直はハッとしてそちらを見たが、少女たちは「うち子供あやすのうまいし」「無理無理」とまだその話を続けている。

携帯をとったシバリが、ボソボソと相手と会話をしている。内容までは聞こえなかった。

シバリはすぐに携帯を切り、少女たちを見回した。

「ゆか」

呼ばれた小柄な少女が「誰」とだけ訊く。

「ポストマン」シバリの答えも短い。

「あいつか……うち生理前だからちょっときついわ」

少女がスマホから目を離さず答えると、シバリはすぐに「誰かいるか」と他の少女たちに目をやった。

うさこが、「何本？」声を上げる。シバリは黙って指を二本出した。

「うーん、ケチくさぁ。うちはパス」

「しゃーない、あたしが行ったるわ。二《に》だったらプチでいいっしょ」

しおりが腰を上げた。「カズが送ってくれんの」

「ああ、下にいる」

「りょ」

まるでそこまで買い物にでも行って来る、というような軽い足取りで、しおりが階段を降りていった。

こういうシステムなのだ、と改めて思う。自分は今、援助交際——いや「少女売春」の現場にいるのだ。

いいのか、こんなことをしていて。止めなくて。何か言わなくていいのか。

相変わらず隣から離れないうさこに目をやった。

自分に何が言える？　何ができる？

うさこは熱心にスマホに見入っている。

こんなことはしない方がいい。するべきじゃない。そんなことは分かっている。

河原は、ＪＫビジネスなどをやっている連中のことをろくでもない奴らだと悪《あ》しざまに口にしていた。でも、今ここで行われていることはそれとどう違うのか？　シバリは仲介料《バック》をとっていないと河原は言う。だからいいのか？　彼女たちが自分たちの意思でしていることだから、許されるのか？

許す？　その言葉を自分の中で繰り返す。誰が？

彼女たちを許すとか許さないとか、誰が言えるのか――。

直は今日ここに来る前に、挨拶のために羽田のところに顔を出していた。

面談室に通され、羽田にこれまでの経緯を説明した。河原に世話になっていること。もしかしたら探している少女を見つけられるかもしれないと伝えると、

「そうですか、富岡くんに会ったんですね」

羽田が言った。それがシバリのことだと理解するのに数秒かかった。

「ご存じなんですね、彼のこと」

「ええ。あの子を担当したのも私ですから」

「じゃあ」少し迷ったが、やはり訊かずにはいられなかった。

「彼らが今していることも……？」

はいともいいえとも羽田は答えなかった。

「……私たちのしていることって何なのだろう、と考えることがあります」

いつになく、彼女の言葉に力がなかった。

「家があるのに、路上での生活を選ぶ子たち。この街だけじゃなく、きっと日本中、どこにもそういう子たちはいるのでしょう……。私たちはそういう子たちを一時保護したり、養護施設を紹介したりします。十八歳以上の子たちには、婦人保護施設や自立援助ホーム、民間のサポートセンターもあります。今まで何人もそうやって保護してきました。でも」

羽田は小さく首を振った。

「結局また、戻ってしまうんです、『路上』に……。コインロッカーをクローゼット代わりに、ネカフェやファストフードを自分の部屋として使う暮らしの方が、あの子たちにとっては気楽なんでしょう。でも、そういう生活には、必ず危険がつきまといます。『助けようか』と言ってくる男たちが善意だけのわけはないんです。ああいう子たちの中には軽度の知的障害や発達障害を抱えている子たちもいます。誰かが、守ってあげなくてはなりません。本当は、大人がその役目を担わなければいけないんです。本当は……」

羽田は、シバリたちのしていることを知っているのだ。知っていても、それを止めさせることができない。いやきっと何度も止めさせようとしたに違いない。だが、無駄だった。今は、せめて少しでも安全でいられるように。そう河原やシバリたちに託しているのだ。彼女は、おそらく仕事を超えて、無力な自分にどうしようもないやりきれなさを覚えているに違いない。ましてや俺に、何ができる——。

「……いん？」

「え？」

目の前にうさこの顔があった。何かを訊かれたらしい。

「ごめん、何て言った？」

「子供を殺すのって、親を殺すのより罪が軽いん？」

「……何のこと？」

「これ」

うさこがかざしたスマホには、何かのニュースの画面が表示されていた。ゲームでもやっているのかと思ったら、ニュースサイトを見ていたらしい。〈母親に懲役四年の判決〉という文字が見えた。実子を虐待の上死に至らしめたという二十代の母親の裁判の結果が報じられているようだ。

「ああ」

うさこの質問の意味がようやく分かった。

「親を殺すより子供を殺す方が罪が軽いっていうことはないと思うよ。昔は尊属《そんぞく》殺人っていって親を殺した場合、普通の殺人より罪が重くなったらしいけど、今はそういうことはないし」

「でも、三歳の子供を殺して『ちょうえきよねん』やて。でら軽くないぃ？」

「うーん。ちょっと見せて」

うさこのスマホを手に取り、報道文に目を通した。正確にはその事件は殺人ではなく、傷害致死事案として裁判にかけられていた。その上で、夫からはＤＶの被害にあい、子育てについて追い詰められた挙句の犯行、ということで情状酌量が認められての判決だった。

しかし、「情状酌量」とか「傷害致死と殺人の違い」なんて言っても彼女には分からないだろう。どう説明しようかと考えていると、

「そんなの当たり前だわ」

とゆかが口を挟んできた。

「自分が産んだ子供だて、殺したって、ゼロに戻っただけだら。他の人を殺すのとわけが違うがや」

「えー、そうなん、そんなのおかしいがん」

「そういうもんやて」

「いや……」

直が反論しようとすると、今度はソバージュの少女が応える。

「そもそも子供を殺したって大した罪にはなんないんだよ。特に赤ん坊なんて生まれた

ばかりでまだ何も分からないでしょう？　そういうのは人間とみなされてないのよ、だから罪が軽いんだ。大人の場合の半分の重さもないんじゃない？」

そんなことはない、と思う。幼児を殺害して死刑になった者もいる。しかし、確かに「実子殺し」で極刑になったというような話は聞いたことがなかった。

「えー、可哀想」

うさこは今にも泣きそうに顔を歪める。

「同情してる場合じゃないわ、おめぁだっておんなじだわ」ゆかが冷たく言い放つ。

「おんなじって何ぃ」

「おめぁなんか殺したって大して罪になんないってことだわ。まあうちもそうだわ。ここにおるのはみんなそうやん、殺されても大して罪にならない奴らの集まりだわ」

「そんなことないわぁ」

「あるわ。殺されたって誰も悲しまんのやて」

「ゆうて罪にならんことはないっしょー」

「うちらの命なんて、軽いってことやわ。例えばおめぁが客と会って殺されてみ。世間はどうゆうと思う？　じごーじとく。そんなことをやっとるからだって同情もされんわ」

「ゆうて――」

「ちょっと、昨日のラッパーからＬＩＮＥ来た！」

黒髪の子が上げた声に、ゆかが「マジ、何て？」と反応する。

「見てよ、ウケる。YO、君は太陽、だって」

「やばい、LINEもラップ？」

ゆかは黒髪の子のもとに駆け寄り、もううさこのことを見向きもしない。

うさこは唇を噛んでゆかのことを睨んでいた。

直は、頭の中で今彼女たちが口にしていた言葉を反芻《はんすう》していた。

子供を殺すのって、親を殺すのより罪が軽いん？

殺したって、ゼロに戻っただけだら。

大人の場合の半分の重さもないんじゃない？

さっきは否定しようとしていたが、もしかしたら彼女たちの言っていることは正しいのかもしれない、と思えてくる。

殺されたって誰も悲しまんのやて。

じごーじとく。

そうなのかもしれない。消えてしまっても誰も悲しまない命の軽さは、他の悲しむ人が大勢いる命に比べたら、軽いのかもしれない。

――いや、そんなことはない。

「そんなことないよ」

思わず口にしていた。

「え」

うさこがこちらを振り向く。言うつもりのなかった言葉が口をついた。

「誰も悲しまないなんてことはない。友達がいるだろ。仲間が悲しむ」

「仲間？」

うさこが口を半開きにした。

「仲間て？」

問い返されて、戸惑《とまど》う。今ここにいる子たち。しおりやゆかや黒髪の子。仲間じゃないのか？　しかしそう続けることがかえって彼女を傷つけるような気がして、咄嗟《とっさ》に言葉を変えた。

「親だって悲しむよ」

「――直くん、でらアホやん」

呆れたようにうさこが笑った。

「うちはその親に殺されそうになったんだて」

頭をハンマーで殴られた気がした。

本当に俺は馬鹿だ。何も分かっていない、大馬鹿だ――。

その日、直がいる間、シバリの携帯は八回ほど振動し、そのうち五回、少女たちが「出勤」していった。しおりが二回。あとはゆか、りえという黒髪の子、そしてうさこも一度。うさこは帰ってくると出ていった時と少しも変わらぬ態度で直にからんできた。

だが、直は彼女の顔を直視できなかった。

どうしても考えてしまう。今、彼女がしてきたこと。毎日、それを繰り返しているこ
と。そうやって生きていること。
本当にこれしか道はないのだろうか。なぜ彼女たちはこんなことをしなくちゃいけな
いのか。一体誰がこんなことをさせているのか。俺に娘がいたら、絶対にこんなことは
させない。
そう思った次の瞬間、愕然《がくぜん》とする。俺に娘がいたら？　そんなことを考えたのは初め
てだった。何を言っている。自分がそんなことを言える立場か。打ち消そうとするのに、
一度浮かんだその思いはいつまでも消えてくれなかった。

9　面通し

その晩も、河原の家に泊めてもらうことになった。何日もやっかいになるのは気が引けたが、「子供たちも喜んでいますから」と河原の妻は全く意に介した様子がなく、実際に子供たちがなついてくれているようなのが救いだった。

夕食が終わると前回同様、二人で晩酌《ばんしゃく》タイムとなった。特に直のためというより、河原の日課らしい。今日は遊んでくれる相手もいないせいか、子供たちも大人しく、隣の部屋からは声も聞こえない。

「どうも警戒しているようでね。交渉が難航してたんです」

二つのグラスに氷を入れながら、河原が言った。今日も彼は濃いめのロックだ。

「例の？」誰も聞いている者などいないのに、つい声を潜めてしまう。

「ええ、例の〈父親〉です」

「警戒っていうのは、警察を？」

「いや警察よりも、ケツ持ちの方でしょうね」河原は相変わらず速いピッチでグラスを口に運ぶ。

「直引《じかび》きはご法度《はっと》ですからね。見つかったらただじゃすみません。まあ警戒するのは当然なんですけど……いったんは連絡が途絶えて、もしかして無理かな、って思ってたんですが」

「はあ」

「ようやく今日、会う約束を取りつけられて」

「そうなんですか」

良い知らせではないか。それなのにいつになく歯切れが悪いのが気になった。

「何か問題が？」

「いや、ちょっと二村さんが嫌がるかなって思って」

「私が？」

「相手にこっちのことを伝える時、もちろんプロフィールはでっち上げたものですが、全部でまかせだと実際に会った時に嘘がバレるかもしれない。さしさわりがない範囲で本当のことを混ぜておくというのは、こういう時の鉄則でして」

「はい」

「職業は何かと訊かれたので、カメラマンと答えておいたんです。そこから素性がバレることはないと思って」

なるほど「嫌がる」というのはそういうことか。確かに、実際の職業を知られるというのはあまり気持ちの良いものではなかった。

「そしたら、向こうの反応が変わってきましてね。いやいい方に、なんですけど」

「いい方?」

「つまり、いったん交渉が打ち切られそうになったのが、向こうの方が乗り気になってきたんです」

「どういうことですか?」

「写真を撮ってくれないかって言うんです。できれば動画も。プロの機材できちんとしたものを」

思いがけない話の展開に、すぐには言葉を返せなかった。

「撮ってくれたらその代わりに『援助』はいらないから、ってね。もちろん画像や動画のデータはそのまま向こうに渡すことが条件ですけど」

撮影する? 自分が、〈サチコ〉を?

「いや本当に撮影してもらう必要はないんですよ。目的は〈サチコ〉ちゃんに会うことですから。彼女を確認した段階で、作戦は終了です。撮影などしません」

河原の言っていることは、よく分かった。それなら問題ないとも言える。だが——。

直の頭に浮かんでいたのは、澤田のことだった。

いつか、あの男から頼まれた「仕事」。渡されたDVDのパッケージ。ほとんど紐《ひも》だけの水着をまとい、ぎこちないほほ笑みを浮かべていた少女たち——。

「どうでしょうね。その条件だったらすぐにでも段取りをつけるって言うんですが」

「……どうするつもりなんでしょうか、それを」

「それ？」

「動画を撮って、どうするつもりなんですか」

「ああ」河原は、何を今さら、というように答えた。「売るんでしょうね」

やはりそうか――。

「直接客と会うより、その方がリスクも少なくて稼げますからね。もちろん自分で撮影してもいいんですけど、素人《しろうと》が撮ったものよりプロの腕によるものの方が商品価値が上がる。そう思ったんじゃないですか」

「どうやって売るんです」

「うーん、ファイル共有ソフトでダウンロードさせるか……そこまでの知識がなくても、今は動画送信なんて簡単ですから」

「そんな動画を、普通に送信できるんですか」

「アプリによっては監視機能があるものもありますが、いろいろ抜け道はあります。SNSに鍵をかけてアップしておいて、解除できるパスワードを教えたり。DVDにしてネットで販売するっていう手も」

「DVD……」

「実際にやってる連中がいるんです。もちろんネットにも『ブロッキング』っていう違法なものを流通させない機能はあるんですけど、『直打ち《じかう》』ってそれをすり抜ける方法があって。これだと検索サイトにも表示されるんでかなりのアクセスがあって大量に売ることができます。この前摘発されたある業者も、注文はネカフェから海外サーバ経由で受けて、マンションの一室でＤＶＤを大量生産して億単位の売り上げをあげてたとか」

専門用語が多くて河原の言うことは半分も分からない。だが、自分の知らない、想像しえない世界がそこにあるのだということだけは分かった。

「業者がどうやってそういう動画を集められるかといえば」河原が続けた。「売り込みに来る奴らがいるからです。高校生以上の場合は本人や彼氏っていうこともありますが、それ以下の場合はほとんど例外なく、親が」

もう直にも分かっていた。そういう親がいるのだ。

あのＤＶＤだって。

澤田の事務所で見たパッケージの写真を再び思い浮かべる。あの時はそこまで考えなかったが、モデルになっている少女たちが本当に自分の意思だけでやっているとは思えなかった。たとえ本人が承諾していたとしても、契約は親権者でなければ行えないはずだ。

親が、子供を売る。金ほしさに。自分たちの欲のために――。

「で、どうですか」

河原が言った。

「そういう条件ですけど、会ってみますか」

断るという選択肢は、河原に負けないピッチでグラスを重ねた。酔わずにはいられなかった。

それから直は、もはや直にはなかった。

「今日、一緒に待機していた女の子から、子供を殺すのって親を殺すより罪が軽いの？って訊かれたんですよ……」

酔いに任せて、そんなことを口にしていた。

「へえ、誰がそんなことを？」

「あの子です、うさこって呼ばれてる……」

「ああ」河原は納得したように肯いた。「で、何て答えたんです？」

「法律上はそんなことはないって言ったんですけどね……あまり納得はしてなかったみたいで……」

「でしょうね。実際、その通りですから」

「え？」

鈍くなっている頭で、河原の言葉を追いかける。その通り？

「一度、調べてみたことがあるんですよ。親が子供を殺した事件の判決を」

河原の口調は乱れることがなかった。

「驚いたことに、多くのケースで法定刑の下限を下回っていました。少なくともこの十年ぐらいの間に起きた『子殺し』の事件の一審判決では、懲役八年未満が半数以上。無罪や執行猶予付きの判決もかなりありました」

「……分からんですね」

理解できないのは酔っているせいではない。何でそこまで軽い判決ばかりなのだ。直の呟きが聞こえているのかいないのか、河原は構わず続けた。

「そういうケースでは、被害者遺族から極刑を求める声なんてのもありません。加害者が同時に被害者遺族なわけですから。もちろん裁判員も子供が可哀想だとは思うでしょう。だけど『殺された子供の思い』なんて誰にも分かりませんからね。『殺した親の事情』だけが考慮されて、結果そういう判決になる。これがどういうことか分かりますか?」

直が首を振ると、河原は言った。

「子殺しは『社会の罪』だっていうことですよ」

河原の言っていることが分からない。子殺しは社会の罪――?

「私が言ってるんじゃありませんよ。判決だけを見ると、そういうことになるんじゃないかってね。少なくとも裁判所はそういう目で見ているわけです。子殺しは、殺した親だけの責任ではない、と」

「……親にも同情の余地がある?」

「私は認めませんけどね。どんな事情があろうと、子供には生きる権利があるんです。

たとえ親だろうと、いや親であればなおさら、その権利を奪うことは絶対に許されない。そうじゃないですか」

非難めいたその言葉が、自分に向けられているような気がした。

俺のことを言っているのか？　ふいにそんな思いにかられる。

どんな事情があろうと、子供には生きる権利がある？　親だってその権利を奪うことは絶対に許されない？　そんなことは分かってる！

いや本当に分かってるのか？　お前のしていることは何なのだ？　お前は何を分かっているんだ？

——私にはあなたの気持ちは分からない。

——直くん、でらアホやん。

いくつもの声が頭の中を駆け巡る。頭は鈍くなり、もう何も考えられない。目の前の河原の顔が、現れたり、消えたりを繰り返す。

「二村さん、大丈夫ですか」

「水飲みます？」

「ああ、トイレはあっち」

そんな声が遠くから聞こえたような気がしたが、あとは記憶にない——。

気づいたら、朝だった。枕元には洗面器と水が用意されていた。それを見たら、ふいに吐き気を催した。何とか立ち上がり、トイレまで走った。

「おはようございます、大丈夫ですか？」

河原の妻の声を後ろに、トイレに駆け込んだ。胃の中のものをすべて出そうとするが、昨夜のうちにさんざん吐いたのだろう。もう胃液しか残っていなかった。涙まじりにそれらを吐き出し、何とか平静を装《よそお》ってトイレから出る。

「ごめんなさいね、あの人が飲ませたんでしょう。みんな自分と同じだと思っとるんだから」

「河原さんは……」

「出かけました」

子供たちの姿もない。みんな学校に行ったのだろう。恥ずかしくて河原夫人の顔を見ることができない。

「もう少し休ませてもらっていいですか……」消え入るような声で言う。

「どうぞどうぞ。お腹がすいたら言ってくださいね。お粥《かゆ》ができていますから」

その言葉に刺激されたのか、再び胃の中が暴れだした。トイレに逆戻りする直を見て、

「あら、ごめんなさいねぇ」

ころころと笑う声が聞こえた。

直は、一人で名鉄百貨店の前へと向かっていた。名古屋駅までともに向かった河原たちとは、改札の前で別れた。

巨大なマネキン人形があるからすぐ分かると言われた通り、迷わず指定された場所に着くことができた。約束の時間にはまだ間がある。周辺の人通りは多く、待ち合わせ風の男女も複数いたが、それらしき年恰好の者は見当たらなかった。

〈父親〉とは着いた時点で連絡し合うことになっていた。与えられたスマホを取り出し、LINEアプリをタップする。スマホを持たない直はその無料通話アプリの仕組みについては疎《うと》かったが、何とか相手のアカウントを表示させることができた。

『着きました』というメッセージを入れると、すぐに返事があった。

『今向かっています』

その文字を見て、直はふいに怖気づいた。危険はないと河原は言っていたが、相手は違法行為に手を染めた男なのだ。危険がないなどとどうして言えよう。ましてや自分が「オトリ」であると気づいたら。

直は、周囲を見回した。人ごみの中には、河原もシバリも、他のスタッフの姿も見当たらない。相手に気づかれないよう身を隠しているのだろうが、本当に近くにいるのかと不安になってくる。

警察のように常に無線で連絡を取り合っているわけではないのだ。何かあった時すぐに駆けつけてくれるのだろうか。相手が素人ではなく、本当の犯罪者だったら……。増殖する不安は、激しい後悔へと変わっていく。なぜこんなことを引き受けてしまったのか、やはり警察に任せるべきだったのだ。今からでも遅くない、やめるべきなのではないか。

「目印」として下げていたカメラを肩から降ろそうとしたその時、ベージュのコートを着た中年男が前から歩いて来るのに気づいた。男は直の方にちらりと目をやると立ち止まり、ポケットからスマートフォンを取り出した。

この男だ。思った瞬間、直のスマホがＬＩＮＥの着信を知らせた。見ると、やはり相手からだった。

『目の前にいます。ベージュのコートを着ています』

直はスマホを仕舞った。もう逃げることはできない。あとは河原たちを信じるしかない。覚悟を決めて男に近づいていった。

河原からは、なるべく人目のあるところでと、駅近くのオープンカフェで話をすることを指示されていた。

「そこの店に入りましょうか」

声が震えることのないように、努めて抑えた声を出す。

「はい……」

答えた男の声に、緊張が窺《うかが》えた。表情も不安気だった。やはり素人なのだ。そう思うと、少しだけ余裕が生まれた。

店は空いていた。カウンターに席をとり、二人分のコーヒーを手に男の隣に座った。さりげなくその横顔を観察する。短く刈った頭には白髪が目立ち、十歳の少女の父親にしては少し老けて見えた。伏し目がちの顔には疲弊《ひへい》の色が濃い。

この男が、紗智の〈父親〉なのか——。

「それ、何ていうカメラですか」

「え？」

男はこちらを見ないが、直が肩からぶら下げたカメラのことを言っているのだろう。

「ハッセルブラッドっていう……」

訊いておいて、男は肯きもしない。続けて小さな声を出した。

「動画も撮れますか」

「あ、そっちはバッグの中に」

男は再び沈黙する。目の前のコーヒーにも手をつけようとしない。もしかして怪しまれたのか……。河原たちの姿を確認したかったが、何とか我慢した。交渉相手が地元の常習犯だったら河原たちが現れる段取りになっていたから、目の前にいる男が彼らの知らない相手であることは間違いないようだった。

ふいに男が立ち上がった。

「行きましょうか」

直も平静を装い、立ち上がった。どうやら「合格」したようだ。脇の下から汗が垂れたのが、分かった。

男が直を連れていったのは、名古屋駅から在来線で数駅先に行ったところにあるビジネスホテルだった。名古屋駅で電車に乗る時、コンコースにある売店の前を通った。いつか話を聞いた女性店員がいるのに気づいたが、向こうはこちらに視線を向けなかった。あれからひどく時間が過ぎた気がしていたが、ここで彼女に話を聞いてからまだ半月ほどしか経っていないのだ。

「ちょっとここで待っててください」

ビジネスホテルの入口に直を残し、男はエントランスへと入っていった。何かしらの準備があるのだろう。

ここまで来れば逃げられる心配はない。直は、スマホを取り出した。河原はすぐに出た。

「今、ホテルの前に——」

「確認しています。私たちも近くにいます」

「どこですか」

「右手、五十メートルほど先に、白いバンが見えるでしょう」

言われた方を見た。確かにバンがあった。車内に複数の人影も見える。

「見えました」

「安心してください。そのホテルに〈サチコ〉ちゃんがいるんですね？」

「はい。これから会う段取りになりました」

「上出来です」弾《はず》んだ声が返ってくる。

「ここからは……」

「スマホは繋げた状態のまま、胸のポケットに入れておいてください。部屋番号だけ何とかして伝えてください。女の子の存在が確認できたら、警察に通報した上で我々も行きます」

「〈サチコ〉ちゃんは……」

「我々が保護します」

「分かりました」

答えて、通話を切らずにポケットに入れた。いよいよだ。緊張感が高まってくる。

どれぐらいこちらの音声が相手に聞こえるか試すために、「河原さん」と口にしてから、再びスマホを取り出し耳に当てた。

「今の声、聞こえましたか」

「聞こえましたよ、そんなに心配しなくて大丈夫です」

笑いを含んだ声が返ってきた。「笑いごとじゃありませんよ」とムッとした声を出す。

「すみません、信用してください。間違いなくバックアップしますから」

なおも抗議しようとしたが、今のやりとりで少しリラックスできたのが分かった。

「お願いします」

そう告げて、再びスマホを仕舞った。

男はなかなか戻ってこなかった。娘の説得に時間がかかっているのだろうか。そもそも彼女は、これから何が行われるか知っているのだろうか。まだあどけない十歳の少女。祥子に電話してきた時の声が聞こえたような気がした。

先生、助けて――。

その時、エントランスのドアが開いた。男が立っていた。

「準備ができました。どうぞ」

感情を抑えたような声で、言った。


三階でエレベータを降りると、男は先に立って廊下を歩いた。一番奥の部屋の前で立ち止まり、「ここです」とルームキーを取り出す。

「三〇五号室ですか」

なるべく不自然にならないよう口にしたつもりだったが、やはり男は訝《いぶか》る視線を向けてきた。

「何か？」

「いえ。早く入りましょう」

強い口調で急《せ》かすと、男は慌てたように、「どうぞ」とドアを開けた。

狭いツインルームだった。二つのベッドで部屋はいっぱいで、他には申し訳程度に置かれたデスクと椅子。窓にはカーテンがかかり、外の光は入らない。暖房のせいで室内は暑すぎるほどだった。

見回すまでもない。少女の姿は、なかった。

「今着替えています」

男が言った。そして、バスルームに向かって声を掛けた。

「着替え終わったら、出ておいで」

掌《てのひら》に汗がにじんでいるのが分かった。動悸《どうき》も激しくなっている。

バスルームのドアが細めに開いた。ハイソックスをはいた足先が見える。ドアが全開になり、少女の全身が現れた。ミニスカートから細い足が伸びる。薄い生地でできたセーラー服のような衣装。そして、俯き加減でもはっきり不安に満ちていることが分かる、その顔——。

違う。

「こっちへおいで」

男が言った。少女はこくりと肯き、近づいてきた。肩まで伸びた髪。大きめの鼻にあつぼったい唇。細い目。

違う。紗智じゃない。

「カメラは?」男が、直を見て訝るような声を出した。「準備は——」

「違った」

直が発した声に、男が不審な顔になった。

「紗智ちゃんじゃない」

「何です？」男の顔に不安が広がる。「何なんですか？」

「早く来てくれ。この子は違う！」

直は大きな声を出し、ドアの方へ向かった。

「おい、あんた何なんだ、何が違うんだ」

ドアノブに手を掛けた直の肩を、男が摑んだ。

「ちょっと待て、撮影は！　撮らないなら金を払え！」

その手を激しく振り払った。男は呆気なくしりもちをつく。

「何が金だ！　あんたは娘を売るのか！」

直の激した声に、男が呆然とした顔を向ける。

「な、何を……」

その時、外からドアノブが回される音がした。男がハッとしてドアを見る。

ドアがドンドンと叩かれた。男が狼狽《ろうばい》して辺りを見回した。少女は何が起こったか分からないように立ち尽くしている。

ドアが激しく叩かれる。

直がドアノブに手を伸ばすと同時に、男がドアに飛びついてきた。開けられないようにドアノブにしがみつき、「勘弁してください！」と叫ぶ。

「お願いします、許してください！」

「どいてくれ」

男の肩を掴み、「今開けます」と外に向かって言った。

男はドアから離れない。「お願いします、お願いします！」

「どけって言ってるだろう！」

肩を掴んで思いきり引っ張った。直とてさほど力の強い方ではなかったが、男はさらに非力だった。簡単にドアからはがされる。勢いに任せてそのまま引き倒そうとした時、

「やめて！」

後ろから強い力で引っ張られた。

少女だった。〈サチコ〉が、直のベルトを掴み、必死に父親から引き離そうとしていた。

「パパを放して！」

凄《すさ》まじい怒りの目が、直を射貫《いぬ》いていた。

「放して！　放して！　パパを放せーっ！」

「勘弁してください！」

男がその場にはいつくばった。

「見逃してください！　お願いします！」

再びドアが叩かれる。

「お願いします！」額を床にこすりつけ、男が叫ぶ。「私が逮捕されたら、この子は一人になってしまいます！　お願いします！　この子を一人には――」

「ふざけるな！」

思わず叫んでいた。

「一人になるのが怖いのは、お前の方だろう⁉　お前が一人じゃ生きていけないだけだろう！　そのために子供を利用してるだけじゃないか。お前なんかに親の資格は――」

摑みかかろうと前に足を踏み出したはずが、反対に後ろによろめいた。

少女が激しい勢いでベルトを引っ張っていた。

「あたしが言ったの！」

何のことだ？　と少女を見た。

「あたしがやろうって言ったの！　お金もうけできるからって！　そうすればパパと離れ離れにならなくていいからって、あたしが言ったの！」

叫ぶと、歯を食いしばり、あとは無言でベルトをぐいぐいと引っ張った。

「……分かった、分かったよ」

全身に満ちていたはずの激しい感情は、いつの間にか消えていた。

「何もしない。君のお父さんには、もう何もしないから」

直は、ベルトを摑んだ少女の指を、一本一本ゆっくりとはがしていった。

涙をこらえ、顔を歪ませながら、それでも少女は直を睨みつけたまま小さく「あたしが言ったの……あたしがやろうって……言ったの……」と口の中で呟いていた。

直はドアに近づいた。もう男も邪魔はしなかった。内鍵をはずすと、ドアが大きく開かれる。

だが、目の前に立っていたのは、河原でもシバリでもなかった。

「困るなあ」

大柄な男が、悠然と直のことを見下ろしていた。女物に見えるファー付きのコートを身にまとっている。

「こういうことされると困るんですよ。ちゃんとうちを通してもらわないと」

ドアを閉めようとしたが、遅かった。男は直の体を押しこむようにして中へ入って来る。続いて、若い男が二人。一人は青々とした坊主頭に傷跡がくっきり目立ち、もう一人は上下のジャージにサンダル履きだった。入ってくると、坊主頭が内鍵をかちりと閉めた。

どういうことだ。直は束の間パニックになった。この男たちは何者だ。

「とりあえずお客さんには」

ファーコートの男が直のことを見た。四十年配。長く伸ばした髪はあまり洗っていないのか、ベタついている。口を開くと、金歯を入れているのか口の中が光った。

「罰金と、あと身分証明書をコピーさせてもらいましょうかね」

口調は丁寧だが、有無を言わせぬ迫力があった。

「何か……誤解があるようです」

かろうじて、直は言った。スマホは繋がっているはずだ。状況は分かっているはずなのに、なぜシバリたちは来ない。

「いいから、免許証出しゃぁ」

ジャージが手を差し出す。直はポケットを探す振りをした。

「小芝居しとんじゃねえ」

ジャージの男が直のズボンの後ろポケットに手を入れ、財布を引っ張り出した。

「ちょっと待って――」

取り返そうと足を前に出したが、その間に坊主頭が顔を突き出してくる。

「オッサン、これぐらいですんでありがたい思やぁよ」

「お客さんはもう行っていいですよ」

ジャージから財布を受け取ると、ファーコートの男は直の背後に視線を移した。そこには、いつの間にか立ち上がった〈父親〉が、怯えた目で、しかし少女の手をしっかり握っていた。

「直引きはルール違反なんだよなあ」

コートの男が面白がるような口調で言った。

「どう落とし前つけてもらおうかなあ」

その声を合図に、坊主頭とジャージが前に出た。

少女の手を握ったまま後ずさる〈父親〉に近づくと、その首根っこをむんずと摑まえる。

「お前は一緒に来るんだわ」

「か、勘弁して——」

再び、ドンドンドン、という音がした。

男たちが一斉に振り返る。ドンドンドン、続けてドアが叩かれる。

「開けろ。警察だ」

男たちが顔を見合わせた。コートの男が直を見た。

「あんたが呼んだのか？」

直は無言で首を振った。

ドアの向こうから再び、「開けろ」という声がする。

「トミ、お前がいるのは分かってるんだ」

コートの男は小さくため息をつくと、仕方ない、という顔で坊主頭を促した。坊主頭が鍵を開けた。

ドアが開き、スーツを着た背の高い男が入って来た。背後に二人、制服警官の姿も見える。

「どうしたんです？」コートの男が平然とした顔で応える。

「トミ、一緒に来てもらおうか」刑事らしき男も表情を変えずに言った。

「逮捕ですか？　フダは？」

「ちょっと話をするだけだ」

「そうすか」

トミと呼ばれた男は、あっさりと「じゃあまあ、お付き合いしますか」と従った。

男たちを通すため、ドアが大きく開けられた。

廊下に、シバリの姿があった。

「サトシ」

トミが、わざとらしく驚いたような声を出した。

「久しぶりじゃねえか。何でこんなところにいるんだ？」

シバリは、黙って手を差し出した。トミが、何だ？　という顔を返す。

「財布」シバリが短く言った。

トミはああ、と薄笑いを浮かべ、直の財布をシバリに渡した。そしてへらへらと笑いながら、「サトシ」と呼びかけた。

「お前、相変わらずしょんべん臭えぞ」

だがシバリは表情を変えず、無言でトミを通り越すと、部屋に入ってきた。

男たちが警察官に連行されて行った後、シバリは黙って直に財布を渡した。

直が口を開く前に、刑事が言った。「あなたたちも来てもらえますか」

「私は何も――」

「事情は署で聴きます。同行してください。あんたも」

　刑事は〈父親〉に向かって言った。

「この子は……」

〈父親〉が弱々しい声を出し、手を繋いだままの少女のことを見る。

「ああ」刑事は口の中で言うと、「お願いします」と背後を振り返った。

　二十代ほどの女性が部屋に入ってきて、少女に歩み寄った。見覚えがある。いつか児相を訪れた時、羽田に声を掛けてきた職員だ。

　職員が少女の前でしゃがみ、「お嬢さん、大丈夫？　怪我はない？」と尋ねた。

　少女は職員の言葉を無視し、直のことを指さした。

「あのおじさんがパパのことをぶった」

「そう」職員は少女の言うことに一応肯いてみせてから、「お父さんはちょっとお話があるから、あなたは私と一緒に行きましょうね」と言った。

「ヤだ、どこにも行きたくない。ここにパパといる」

　少女は反抗的な口調で返した。

「それはダメなの。お話の邪魔になっちゃうから」

　職員は優しい口調で言ったが、少女は頑として聞かない。

「ヤだ、パパと一緒にいる」

「ね、お願い」

「ヤだ」

「ナナ」

ふいに〈父親〉が声を発した。少女がハッと彼のことを見る。

「そのお姉さんと一緒に行きなさい」

〈父親〉が言った。先ほどまでとは打って変わって、威厳《いげん》のある声だった。

「パパもすぐ後から行くから。パパはちょっとお話があるから」

「ヤだ、パパも一緒に行こう」

「ナナ」

〈父親〉がもう一度名前を呼んだ。名を呼ばれる度に、少女の表情から険しさが消えていく。

「お前はいい子だろ。パパの言うことを聞くよな。そのお姉さんと一緒に行ってくれるよな」

少女が〈父親〉を見つめた。その瞳に、初めて涙がにじんだ。

「パパもあとから来る？」

「ああ、行くよ」

「本当にすぐ来る？」

「パパが嘘を言ったことがあったか？」

少女は、弱々しく首を振った。

「じゃあ、お姉さんと行くね？」

少女はしばらく男を見つめていたが、やがてこっくりと肯いた。

「行きましょう」

職員の差し出した手を握り、少女は一歩を踏み出した。そこで立ち止まり、〈父親〉の方を振り向く。男は黙ってほほ笑んだ。少女はようやく安心したような顔になると、職員とともに部屋から出ていった。

「じゃあ行くぞ」刑事が男の背中を押してから、振り返った。「あんたも」

仕方なく直は刑事の後に続いた。

後ろから来るシバリに、「どういうことなんだ」と恨みがましい声を出す。

「二村さん、恰好良かったすよ」

からかうような、シバリの声が聞こえた。

「タクドラのデ・ニーロみたいでした」

初めて彼の笑い声を聞いた気がした。

10　漂う子

車に乗せられ、警察署の生活安全課のフロアまで連れていかれた。小部屋に通され、「ここでちょっと待っててくれ」と一人にされる。小さな机を挟んで椅子が二つ。窓はあったが、どこか息苦しさを覚える部屋だった。

しばらく経ってから、先ほどとは別の刑事が入って来た。短躯《たんく》だががっしりとした体つきの男だった。名乗りもせず、「参考人として調書をとるから」とぶっきらぼうに告げると、書類を広げた。

「名前と住所」

まるで容疑者に対するような態度だった。だがここで文句を言っても長引くだけだ。不満は抑え、訊かれるままにすべて正直に話した。羽田や河原の名も出し、紗智という少女を探し出すのが目的だったことも説明した。

何が面白くないのか終始仏頂面《ぶっちょうづら》の刑事は、直の供述に疑問を挟むこともなく、金釘流《かなくぎ》の文字で調書をとり終えると、頭から読み聞かせをした。

「間違いなければ、ここにサインと拇印」

言われるままに署名し、拇印を押した。

「じゃあ、帰っていいよ」

あっさり言われ、拍子抜けをする。「これでおしまいですか」

「とりあえずはな」

「あの男たちは、どうなるんです？」

刑事は顔を上げ、直のことを睨《ね》めつけた。射貫かれるような視線に、思わずたじろいだ。

「あんたが気にすることじゃない」

言い捨てると、刑事は再び書類に目を落とす。

「一つだけお願いがあるんですが」

怯《ひる》みそうになる気持ちを鼓舞して、口にした。刑事がもう一度顔を上げる。その目を見ないようにして、ポケットから紗智の写真を出した。

「男たちを調べて、押収した証拠品の中にこの女の子の写真があったら、教えてくれませんか」

刑事は、珍しいものでも見るように直のことを見つめた。そして、写真に視線を移すと、一瞥しただけで無造作にそれを胸のポケットに仕舞った。

「あの、教えてくれますか」

恐る恐る尋ねたが、もはや刑事は顔を上げずに、手だけをひらひらと動かした。

仕方なく一礼して、部屋を出た。

一階のロビーに、河原が待っていた。

直を認めると、立ち上がり、黙って頭を下げる。

「ご迷惑をおかけして、すみませんでした」

「初めから」直にももう分かっていた。「狙いはあの男たちだったんですね」

河原は答えず、もう一度頭を下げた。

いろいろ理由をつけてはいたが、直に「オトリ」役を頼んだのは、あのトミという男を引っ張り出すためだったのだ。面が割れている河原やシバリが「客」を演じても彼らは絶対に出てこない。その上で〈父親〉が直引きをしているという情報を警察にリークしたのだ。直は、トミのグループを摘発《てきはつ》するために利用されたのだ。

それには納得していたが、一つだけ確かめたいことがあった。

「あの子が紗智ちゃんではないことも知っていたんですか？」

「いえ」河原は首を振った。「それは半々だと思っていました。お伝えした情報はすべて本当のことです。私たちも今日までは、あの子が紗智ちゃんである可能性もあると思っていたんです」

河原の表情に、嘘はないようだった。

その日は河原の家にもう一泊させてもらい、翌朝、帰り支度をした。これ以上留まっていても、すべきことは何もなかった。駅に向かう前に、最後の挨拶をするため児相へ寄った。

面談室で向かい合うと、直が世話になった礼を言う前に、羽田の方が「何もお力になれなくて」と頭を下げた。

「前にもお伝えしたように、新年度になったらもう一度紗智ちゃんのこと、問い合わせます。何か分かったらすぐに知らせますので」

「ありがとうございます」

礼を返したものの、過度な期待は持たないつもりでいた。紗智だと思って追っていた情報は、みな「あの親子」のものだったのだろう。それでも、羽田の厚意は有り難かった。

それ以上に気に掛かるのは、あの二人のことだった。

「ところで——あの子は、この後どうなるんですか」

ナナというあの少女。今は児相で一時保護されているはずだ。父親が逮捕されてしまい、これからどういうことになるのか。

「母親の行方も探してはいますが、とりあえずは児童養護施設に入所することになるでしょう。今後の処遇については、彼女にとってどうするのが一番いいかを考えながら慎重に決めていかなければなりません」

「母親は亡くなったわけじゃないんですね」

「もうずいぶん前に、彼女を置いて出ていったようです。連絡がとれるかどうか……」

紗智と同じ境遇だった。となれば、ナナにもまた、あの〈父親〉しかいないのだ。

「父親とはもう一緒には……」

「無理でしょうね」羽田は即答した。「余罪がなければ起訴までには至らないと思いますが、おそらくナナちゃんとは面会も禁止されるでしょう」

「そんなに厳しいことに……」

驚いた声を出した直に、羽田は少し言いにくそうに答えた。

「実はあの二人、血の繋がった親子じゃなかったんです」

「え？」

「ナナちゃんは、奥さんの連れ子なんです。奥さん、つまりナナちゃんの母親が出ていってしまってからはずっと二人で生活していたようですが。そういう事情だと、いくらあの男が生活態度を改めても……そもそも正式な親権はなかったわけですから」

ホテルで会った時の、ナナの姿が浮かんだ。

直のベルトを摑んで放さなかった少女。火の出るような目で睨み、パパを放せ！と叫んだあの子。彼女は、それを知っているのだろうか。自分があの〈父親〉の本当の娘ではないことを。

そしてあの〈父親〉。ホテルの部屋を出る時、不安そうに振り返ったナナに向けた男の表情を思い出す。情けない姿ばかり見せていたあの男が一瞬見せた威厳のある顔。父親とはこんな顔をするものなのか、と思ったのだった――。

出口まで送ってくれた羽田は、そこに待っていた河原の姿を見ると、直に向かって改めて頭を下げた。

「二村さんには私からもお詫びいたします。河原が本当にご迷惑をおかけいたしました」

「すみませんでした」

河原も殊勝《しゅしょう》な態度で頭を下げる。

「いえ」

羽田の前ではまるで借りて来た猫のような河原の様子がおかしかった。

「富岡くんまで巻き込んで」羽田は河原のことを軽く睨んだ。

「でも、彼のおかげで助かりました」

直の言葉に、羽田は小さくため息を漏らした。

「せっかくあの男との縁も切れて安心していたのに……」

「二村さん、行きましょうか」

河原に促され、直は別れの挨拶をした。

「本当にいろいろお世話になりました」

「いえ。紗智ちゃんに関して何か分かったらすぐに連絡しますので」

「はい、よろしくお願いします」

羽田に見送られて、児相を出た。

「駅まででいいですか」

止めてあった車に向かおうとする河原に、「ここでいいです」と告げた。

「送りますけど……」河原が怪訝《けげん》な表情になる。

「ちょっと寄りたいところがあるので」

「――ああ」

河原は合点した顔になり、車に乗り込んだ。

「ではここで。私の方も、何か分かったら連絡します」

「はい」

河原の車を見送ってから、近くの商店街へと足を向ける。前もって頼んであった品物を店で受け取ってから、目的の場所へと移動した。

ファストフード店の二階に上がると、いつものように少女たちが思い思いの恰好でたむろしていた。

直が入っていくと、「あ、直くん」と皆が一斉に視線を向けてくる。

まだ四回ほど訪れただけなのに、すっかりここが「ホーム」のような気がしている自分がおかしくなる。

「お勤め、ご苦労さまです」

事情を聞いているのか、しおりがからかうように言った。

苦笑で応えてから、奥の席にいるシバリのもとへ行った。

「いろいろ世話になったね」

声を掛けると、シバリは小さく肯いた。

「これで、帰るよ」

シバリは何も言わず、スマホをいじっている。

「……じゃあ」

踵《きびす》を返そうとすると、聞こえるか聞こえないかぐらいの声がした。

「……に見えるでしょうけど」

「え？」

相変わらず視線はこちらに向けないまま、シバリが呟くように言う。

「俺、あいつとは違いますから」

あいつって、と問う前に、シバリが続けた。

「このまんまでいいとは思ってないすから。考えてますから。こいつらのこと。自分のことも。クズの子がそのまんまクズじゃ、面白くもなんともないすからね」

クズの子？

ふいに、先ほど羽田が漏らした言葉が蘇る。

――せっかくあの男との縁も切れて安心していたのに……。

頭の中で「二つの名前」が繋がった。

——本名は富岡悟志っていうんですけど。

——トミ、一緒に来てもらおうか。

女物のファーコートを着た、金歯のあの男。

——サトシ、久しぶりじゃねえか。

携帯が鳴り、シバリが電話をとった。一言二言話すと「分かった。そっちへ行く」と答えて電話を切る。立ち上がり、そのまま階段の方へ向かおうとしたシバリが、こちらを振り返った。

「お疲れさまでした」

小さく頭を下げると、シバリは店から出ていった。

その後ろ姿を見送りながら、そうだったのか、と思う。あれがシバリの父親——。

頭の中では、いつか河原が諳《そら》んじたシバリの口癖だという言葉がリフレインしていた。

——血はもうとっくに入れ替わった。今の俺は、細胞から全部俺のもんだ。

「直くん」

呼ばれて顔をスライドさせると、うさこが待っていたように笑顔を向けてきた。

「直くん、なんか大変やったって」

「いや」

直はうさこに歩み寄ると、「これ」とバッグから取り出した封筒を渡した。今日ここに来たのは、それを渡すためだった。

「何ぃ」

開けてご覧、と目で促す。うさこは首を傾げながら封筒を開け、中の物を取り出した。

「わ、写真じゃん」

うさこの声に、少女たちが集まってくる。

「あ、この間の？」

「できたん」

「見して見して」

ブローニーフィルムを手焼きしてくれる店が見つかったのは幸運だった。本当は自分で現像、プリントしたかったが仕方がない。

うさこが写真を取り出した。

「何これ、でかっ」

「しかも真四角」

正方形《スクウエア》で、六《む》つ切《ぎ》りの写真など見るのも初めてだろう。

「やば、あたしたちモデルみたいじゃん」

「直くん、マジプロだわ」

「——じゃ、またな」

はしゃいでいる彼女たちに背を向けた。

「直くん」

うさこの声に振り返る。

「きれいに撮ってくれてありがと」

うさこは写真を胸に抱えていた。

「うさこ、ずりー、自分ばっかワンショット」

確認しなくても分かる。真四角のフレームの中で、彼女は最高の笑顔を見せている。

「一生の宝物にするわぁ」

「……するなよ」

「え？」

「そんなもん宝物にするなよ」

怪訝な顔のうさこを背に、直は階段を降りていった。

無邪気な笑顔で、「子供がほしい」と言っていたうさこ。ゆかの言うことに涙目になって反論していた彼女。

君には——君たちには、きっとこれから、もっともっと素敵な宝物が待っている。そんな写真なんかより数倍も数百倍も素晴らしいものが、必ず。

直は、そう言いたかったのだ——。

夕方には、東京に着いた。直はその足で祥子のアパートに向かった。来る前に出したメールに返事はなかったが、チャイムを鳴らすと、ドアは開いた。

「急にごめん」

固い表情で肯いた祥子は、「コーヒー淹れるね」とそのままキッチンに向かってしまう。

雅美はもう高崎に戻ったようだったが、部屋はきれいに整頓されていた。いつもの香りも戻っている。以前と変わらぬ彼女の部屋だった。違うところがあるとすれば、祥子の立ち振る舞いがどことなく慎重であることか。

「ちょっといいかな。話があるんだ」

キッチンで湯を沸かそうとしている祥子に、声を掛けた。

「何？」背中を向けたまま、祥子が問う。その背中が、遠かった。

「紗智ちゃんのことで話があるんだ」

祥子の動きが止まった。振り向き、直の方を見た。そして何も言わず、火を止めてリビングに戻って来る。

祥子がゆっくりと腰を落とすのを待って、直は言った。

「紗智ちゃんのことは、結局見つけられなかった」

「……うん」

彼女が落ち着いた表情で肯くのを見て、直はその先を話した。

河原から連絡が来て、再び名古屋に行ったこと。援交組織についても正直に話した。

〈サチコ〉と名乗る少女のこと。その父親との交渉。ホテルでの出来事。結局、少女は紗智ではなかったこと。

祥子は時には眉をひそめ、目を見張り、嘆息を漏らしたりはしたものの、言葉を挟むことなく彼の話を聞いていた。

「この後も、何か分かったら羽田さんや河原さんから連絡がくることにはなっている。でも、俺が紗智ちゃんたちだと思って追っていた親子は、そうじゃなかったんだ」

直の言葉に、彼女は小さく肯いた。

「祥子に掛かってきた電話のことは分からない。仮に紗智ちゃんからのものだったとしても、もう別の場所に移ってしまったのかもしれない」

祥子は無言のままだったが、直は続けた。

「もちろん全国の児相に問い合わせることはできる。でも前に話したように、情報が連絡網で回るのはいなくなって一年が経ってからだ。それまでできることは――」

「分かった」

祥子が顔を上げた。

「いろいろありがとう。大変な思いをさせてごめんなさい」

「いや……」直は首を振った。

「俺は結局、何もできなかった」

「そんなことない」祥子も首を振る。

「ここまでしてくれて感謝してる。本当に――」

「きっとどこかで」

根拠などないことは分かっていた。だが、今の直に言えることはそれしかなかった。

「紗智ちゃんは元気に暮らしている。羽田さんが言うように別の場所で学校に通っているかもしれない。生活が落ち着いたら、祥子に電話しようと思っているのかもしれない。彼女は――紗智ちゃんは、きっと大丈夫だ」

そう信じるしかなかった。

「……あのお守り」

祥子が、ぽつりと口にした。

「うん？」

「きっとあのお守りが、紗智ちゃんを守ってくれる」

お守り――。祥子を産んだその人が、祈りを込めた名前とともに我が子を託したあの古びた小袋。

「……そうだな」

直は、そう言って肯いた。祥子もまた、何かを信じるしかないのだろう。

「コーヒー、淹れかけだった」

キッチンへと向かう祥子の後ろ姿を見送ってから、部屋の中へ目を戻す。

整頓された机の上に、ファイルがいくつか重ねられてあるのが目に入った。まだ「記事」のコピーを集めているのかと気になり、立ち上がってさりげなく目を落とした。記事の類ではなかった。受け持ちの児童のテストの結果のようだ。

こうして少しずつ復帰の準備をしているのだろう。

立ち止まっている時間は過ぎたのだ。

そう、自分もまた——。


主治医から「通常の生活に戻っていい」というお墨付きを得た翌日、直は祥子と一緒に群馬の祥子の実家を訪れた。

最初に言っておきますが、私はあなたのことを認めていません。

初めて対面した祥子の父親は、固い声でそう切り出した。

娘に付き合っている男性がいることも知らなかったのに、いきなり、「子供ができたから結婚させてください」と言われて、はい、そうですか、と認めるわけにはいきません。

父親として、当然の反応だった。直はただ頭を下げるしかなかった。

娘の結婚には、私なりの夢を持っていました。

何とか感情を抑えようとしているのだろうが、声は僅かに震えていた。

娘には、幸せになってほしいと願っていました。本当は東京になどやりたくなかった。

こっちで、良い相手を見つけて、結婚して、家庭をつくって——そんな幸せな生活を送ってほしかったんです。

お父さん。雅美が、諭《さと》すように声を掛けた。

妻は、反対はしていないようです。

父親は、無念そうに言った。娘も……。

彼は、そこで初めて祥子のことを見た。

娘もあなたのことを大変好いているようです。私がいくら反対したところで、娘はあなたと結婚するのでしょう。そういう娘です。しかし、私は。

父親は言葉を詰まらせた。懸命に涙をこらえていた。

大事な娘です。大事な……。

後は言葉にならなかった。

お父さん。祥子が呼びかけた。ありがとう、お父さん、ありがとう。

失礼、と父親は席を立った。

直は、その後ろ姿へもう一度頭を下げた。

何度でも参ります。お許しをいただけるまで、何度でも参りますので――。

群馬から帰ってきたその日、森久保夫妻の家へ行った。婚姻届の証人を頼むなら、この二人しかいない。

祥子と並んで彼らの前に座ると、森久保は、「ほんとにいいんですか、こいつで」とからかうように言った。

「どうなんでしょう」

祥子はおどけるように返し、「いいのよね？」と直のことを見た。

「いいと思います」

直が真面目くさって答えると、「だ、そうです」と森久保に笑顔を向けた。

「良かったな、二村」森久保は真顔になって言った。「おめでとう」

「おめでとうございます」隣にいた香織も、丁寧に頭を下げた。

——そんなの誰も教えてくれなかった。親も友達も。

そう、もちろん香織だって教えない。自分で知るしかないのだ。経験しなければ、「家族」になるということがどういうことなのか、本当には分からない——もちろん、子供を産むということも。

「お前の親には？」

帰り際、見送ってくれながら森久保が訊いた。

「明日、二人で挨拶に行く」

「そうか……頑張れ」

友人の腕の中では、彼の子供がすっかり寝入っている。

「寝かしつけるのは芳雄の方がうまいのよね」

妻が少しくやしそうに言う。

「パパの方が安心するんだよなー」

森久保が嬉しそうに笑う。

――いい子供になれなかったからって、いい親になれないわけじゃない。自分もなれるのだろうか、と思う。いつか、こんな顔を自分の子に向けられるように。


両親が連絡したようで、実家には貴子と聖美も来ていた。食卓には範子の得意料理が並び、昼間からビールの栓が抜かれた。祥子は、貴子と教師同士の話題に花を咲かせ、聖美ともすぐに打ち解けた。両親の上機嫌振りは言わずもがなだった。特に秀人は祥子が教員であることがいたく気に入った様子で、「おかげで教師の血統を絶やさずにすみそうだ」などと浮かれていた。祥子の父親とは、まるで反対の態度だった。

「こいつも教師にしたかったんですが、親に逆らってばかりでしてね。長男は親の志を継いで教師になってくれたんですがね」

秀人の視線を、祥子が追った。仏壇には、正人の遺影が飾られている。

祥子が膝を立てた。貴子の方を見て、「ご挨拶させていただいてもいいですか?」と尋ねる。

「ええ、もちろん」

範子に案内され、祥子が仏壇の前に座った。貴子と、促されて聖美もその後ろに座った。

秀人がろうそくに火をつける。祥子は線香に火をつけ、リンを小さく鳴らすと、遺影に向かって手を合わせた。

「ほんとに良かった」

範子が、心底嬉しい、という声を出す。

「なおちゃんは結婚しないんじゃないかって心配してたから」

「正人さんもきっと喜んでいると思います」

貴子までが、二人に負けない笑顔で追従する。

今なら、直も分かる。いつか電話で義姉が妙に明るい声を出したこと。あの時彼女が口にした「良かった」という言葉。あれは、「二村家の長男の嫁」という立場から解放された喜びだったのだ。

料理があらかたなくなったところで、貴子と聖美は帰っていった。

範子が片づけを始めた。手伝おうと立ち上がる祥子を、範子が「いいの。あまり動かないで。安定期に入るまでは気をつけなくちゃね」と押しとどめた。

「これぐらい大丈夫です」祥子がにこやかに応える。

直も「昨日健診を受けたところなんだ。心配いらないよ」と言い添えた。

「健診では、男の子か女の子かは聞いてないの？」

「ええ」

「是非、祥子さんには二村家の跡継ぎを産んでもらいたいな」

軽い口調で秀人が言う。そのついでのように口にした。

「赤ちゃんに異常がないかは調べてもらったの？」

祥子は、「順調に育っているみたいです」と肯いた。

「いやそうじゃなくて」秀人がにこやかに続ける。

「ほら、『出生前診断』っていうんだっけ。今は、簡単に調べられるんだろう？」

範子も、「ああ、テレビでやってたわね」と話を合わせる。「赤ちゃんに障害がないか分かるっていう」

「まあそんなに若くはないんだし、念のためにね」

一瞬――ほんの一瞬だけ、祥子の顔が強張《こわば》った。

直が先に言った。「そういうのはしないんだよ」

強い声は出さなかったつもりだが、範子は失言と気づいたのだろう、「そうね」とバツの悪い顔になった。しかし、秀人は意に介せずに続ける。

「簡単にできるんなら、やっておくにこしたことはないぞ。万が一っていうこともあるからな」

「万が一、そうでも構わないよ」

直は秀人に向かって言った。父と正面を向いて話すのはいつ以来のことだろう、と思う。

「お前はいつもそういう――」

秀人が「半笑い」の顔を見せた。

「ご心配ありがとうございます」

祥子が応えた。いつもの笑顔で。

「どんな子が生まれてきても、私たちの子供です。二人でしっかり育てます」

「うん？　あ、ああ、そうだな」

父は少し不満そうな顔を見せたが、それ以上は言い募《つの》らなかった。

祥子が、膝に置いていた手を伸ばし、直の手を握った。

直もその手を握り返した。大丈夫、もう大丈夫。

それからしばらくして、実家を後にした。

玄関を出た祥子に、秀人はけろりとした顔で「また来てください」と声を掛け、範子も「体に気をつけてね」と変わらぬ顔を向けた。

「はい、ありがとうございます。お父さんもお母さんもお元気で」

祥子は屈託なく挨拶を返した。

しばらく歩いてから、いつまでも見送る両親を振り返る。二人とも、笑顔で手を振っていた。

ふいに、いつかの老夫婦の姿が蘇った。二人仲良く手を繋ぎ、歩いていた老夫婦——。

ああ、そうか、と思う。

あの老夫婦とて、初めから二人なわけじゃなかったのかもしれない。子供がいて、孫もいて、でもみんな出ていって、最後に二人っきりになったのかもしれない。いつかは、そうなるんだ。子供がいたっていなくたって、いつかは二人だけに。見送る両親の姿が見えなくなったところで、祥子が、

「直が言うほど、お父さんと似てなかったよ」

と笑った。

「そうか」

直も笑みを返した。今はもう、そんなことはどうでも良かった。シバリの言う通りだ。畏れる必要はない。血はやがて入れ替わる。君の喜びも悲しみも。痛みも恐怖も。細胞から全部君のものだ——。

墓地へと続く小径《こみち》は、沈丁花《じんちょうげ》の香りに包まれていた。汗ばむ陽気に、直は着ていたジャケットを脱いだ。傍《かたわ》らを歩く祥子に、「大丈夫？」と声を掛ける。

「うん、全然」

祥子は明るい声で答えた。

「お腹が大きくなって動きにくくなる前に、行っておきたいところがあるの」

祥子がそう切り出したのは、数日前のことだった。そして直の仕事が入っていない日を選んで、電車を乗り継ぎ秋川までやって来たのだった。

今、直は、野上たち数人のカメラマンのアシスタントを掛け持ちでやっている。最初にその話を申し入れた時は「アシ代を払えるほどのペイのいい仕事はそんなにないよ」と困惑気味だった野上も、ギャラにはこだわらない、実費プラス五千円程度で十分だと言うと、

「ほんとにいいの？　それぐらいなら、まあ払えるけど」

と乗り気になった。

「他の連中にも訊いてみる。みんな、喜ぶんじゃないかな」

アシスタントを頼みたくてもギャラが払えずに頼めないカメラマンは大勢いる。一方で、アシスタントも連れて来られないカメラマンは客先で軽く見られることも知っていた。数人共同でアシスタントを雇うことができれば、彼らにとっても都合がいいのだった。

タイプの違う複数のカメラマンの下について、一から写真を勉強し直したい。直の言葉に、祥子は賛同してくれた。もちろん、収入は期待できない。当分は祥子の給料に頼ることになるだろう。その代わり、家事も子育ても直が大部分を担う。二人で相談して、そう決めたのだった。

霊園の中、一番奥まった場所に、納骨堂はあった。

ここには、一般の永代供養墓に祀られたものの他に、無縁仏も安置されている。行旅死亡人として市が火葬した遺骨も。

秋川で発見された白骨死体。いつか、祥子が紗智ではないかと疑い、確かめに行こうとして事故にあった、その十代前半の少女の遺骨が、ここに納骨されているのだ。

少女の遺骨は、収蔵棚と呼ばれるロッカーのようなものに納骨されていた。受付で申し込みをして、棚の扉を開けてもらった。小さな骨壺がひっそりと置かれてある。規則で花や食べ物を供えることはできないというので、手だけ合わせた。線香は、入口近くに共通の参拝所があり、そこであげられるようになっている。

参拝所に移動し、買ってきた線香に火をつけ、香炉に供えた。祥子と並び、再び合掌する。しばらくして隣を見ると、彼女はまだ目を閉じ、手を合わせていた。何を祈っているのかは、訊かずとも分かる。

肩にかけていたカメラを降ろし、右手に抱える。彼女に向かって、構えた。絞りを開け、背景をぼかして彼女にだけ焦点を合わせた。

バシュッ。シャッター音に気づいて、祥子が目を開ける。

「何」

正面からもう一度、今度は全身を入れてシャッターを切った。

「何を撮ってるの」

はにかんだように、彼女がほほ笑む。

自分にとっての「家族写真」だ、と直は思う。

そこには、自分の妻と、そして写真にはまだ写らなくても、自分の「子供」がいる。

直は、その時初めて、心の底から思った。

俺は、君の父親になりたい。

君と、祥子と、家族になりたい——。


「昨日ね」

出口に向かいながら、ふいに祥子が言った。

「LINEに、知らない相手が『友達追加』されてたの」

何のことか、分からなかった。

「その相手のアカウント名、ハッピーっていうのよ」

「ハッピー……」

口にして、気づいた。「それって——」

祥子は、「紗智ちゃんだと思う」と肯いた。

「……そうか」

「メッセージを送ったの。返事は来ないけど、『既読』にはなった。紗智ちゃんに間違いない。きっと、元気でいるっていう彼女からのメッセージ……」

直も肯いた。「きっとそうだな」

その時、直の携帯電話が振動した。河原からだった。祥子に断って電話に出た。彼女は気を利かせたのか、「トイレに行ってくる」とその場から離れた。

「ああ、すみません、今、電話大丈夫ですか」

彼にしては珍しく急《せ》いた声だった。

「ええ」

「ちょっと気になることがありましてね」

その口調に、胸騒ぎがした。

「もしかして、あの刑事さんから？」

「刑事？　ああ、何森《いずもり》さんのことですか。そうそう、伝言がありました。ええと、『注文の商品《しな》は見当たらなかった』。そう伝えれば分かると言っていましたが」

「そうですか。ありがとうございます」

安堵した。トミたちのグループが扱う「商品」の中に、紗智はいなかったのだ。

「変わった刑事さんでしょ？　何でも県警を渡り歩いてるとか。普通そんなケースはないそうなんですけど、なんかわけありらしくて」

「そうですか。それで、気になることというのは？」

「ああ、それが――」河原の声のトーンがまた下がった。「いつかのロリコン男のことを覚えてますか」

「ええ」

少女たちに恫喝《どうかつ》されて怯えていた、三十代のスーツの男。

「しおりたちが結局その男を締め上げましてね。スマホのデータやなんかを全部破棄させたんですが、念のために、破棄する前にその画像を全部チェックしたんです」

「ええ……」

胸騒ぎが再び大きくなってくる。

「画像を送りますから、見てください」

画像が貼付されたメールは、すぐに送られてきた。祥子がまだ戻ってこないのを確かめて、画像を開いた。

見た瞬間、思わず目を背けた。どう見ても十代前半の少女が、メイド服のような衣装を着け、カメラに向かって足を広げている。

手で隠してあるので顔は見えなかったが、あのナナという少女だろう。なぜこんなものを送ってきたのか。

画像を閉じようとして、それに気づいた。

少女の首の辺りに、何かがぶら下がっている。

見覚えがあった。

小さな古ぼけたお守り袋。

ナナじゃない。

この少女は――。

バスルームの中で、少女は一人服を着た。

部屋のドアが開閉する音がして、帰ったよ、出ておいで、という男の声が聞こえる。少女はバスルームを出た。男は彼女に目を向けず、手にした札を数えている。やがて札を仕舞うと、こちらを見ないまま、今日はうまいもん食べような、ほしいもの何でも買ってあげるぞ、何がいい？　と訊いた。

少女は、それを答えた。男は少し戸惑った顔をしたが、分かった、買ってやる、と小さく言った。

いつものように、二人で街を歩いた。男のごつごつした手が少女の手を包んでいる。街は今日も人で溢れかえっている。だが、いつもと違うことが一つあった。少女はポケットに手を入れ、それを握ってみる。そして安心する。

前から人が大勢やってくる。誰かが少女にぶつかり、その拍子に摑んでいた手が離れた。前を行く男が、振り返る。少女は、大丈夫、というように肯いた。男が手を差し出す。だが彼女は、今度は首を横に振る。男は怪訝な表情を浮かべ、もう一度手を伸ばす。彼女は再び首を振る。男は少し苛立たしげな表情を浮かべ、行くよ、と促す。少女は肯いて足を踏み出した。男は歩きながら何度か振り返り、彼女が後についていることを確かめると、安心したようにもう振り返らなくなった。

しばらく歩いたところで、少女はふいに立ち止まった。男は気づかず、どんどん歩いていく。少女は動かない。

自分はもう「子供」ではない、と彼女は思う。

だからもう、親はいらない。

少女は、ポケットに手を入れ、父親から最後に買ってもらった真新しいスマホを握りしめる。これがあたしの新しい「お守り」だ。これがあれば、どこにいても、いつでも誰とでも繋がることができる。

ううん、たとえこんなものがなくたって大丈夫。

あたしはもう、一人で生きていける。

男の背中が、やがて人ごみの中に見えなくなっていく。

そしていつしか少女の姿も人波にのまれ、見えなくなっていった。

〈左記の文献を参考にし、一部引用いたしました〉

『ルポ　子どもの無縁社会』石川結貴著（中公新書ラクレ）
『ルポ　居所不明児童――消えた子どもたち』石川結貴著（ちくま新書）
『ルポ　消えた子どもたち　虐待・監禁の深層に迫る』ＮＨＫスペシャル「消えた子どもたち」取材班著（ＮＨＫ出版新書）
『女子高生の裏社会「関係性の貧困」に生きる少女たち』仁藤夢乃著（光文社新書）
『援デリの少女たち』鈴木大介著（宝島社）
『家のない少年たち　親に望まれなかった少年の容赦なきサバイバル』鈴木大介著（太田出版）
朝日新聞「親に隠された私」２０１４年7月8日付朝刊　14（1）
「見えない子」〈上〉２０１４年9月5日付朝刊　14（39）、〈下〉6日付朝刊　14（37）
毎日新聞　連載「漂流チルドレン」２０１３年12月13日〜17日付朝刊
その他新聞記事など

文庫版あとがき

本作は、『デフ・ヴォイス』（文庫化に当たって副題として「法廷の手話通訳士」）でデビューした後、五年振りに刊行された私の二作目の小説である。「デフ・ヴォイス」シリーズと直接の関係はないが、主要登場人物の一人がカメオ出演している。これは、まさか同作がシリーズ化するなどとは夢にも思わなかったため、愛着のあったその人をいささか強引に登場させてしまったもので、多少の矛盾はあるが時系列的にはシリーズ一作目と二作目（『龍の耳を君に』東京創元社）の間の出来事と考えていただければ幸いである。

「五年振り」という年月が示すように、当時の私は低迷の真っただ中にいた。デビューしてからコツコツと長編小説を書いては出版社に持ち込んでいたのであるが、来る日も来る日もボツの繰り返し。ついには鬱気味となり心療内科に通うありさまで、もうこのまま「一発屋」で終わるのだろうと周囲も私自身も諦めかけていた頃に、様々な幸運が重なって本作の刊行が実現した。そしてこの作品を読んだ各社の編集者から声がかかり、「デフ・ヴォイス」シリーズを含め新しい作品を世に出すことができるようになった。

私にとって小説家としての命を繋いでくれた作品であり、第二のデビュー作といっても過言ではない。

文庫化に当たっては、大きな改変はしなかった。一つ迷ったのは「居所不明児童」の実数についてで、小説の中に出てくるデータは本作を執筆していた当時のものである。その後「消えた子供たち」の存在が顕在化したことで、関係府省庁が協力して全国的な調査を行うようになり、所在が明らかになった児童が「居所不明」から省かれ、その数だけは大幅に減った。だからといって、そういう子供たちがいなくなったわけではない。国を挙げての調査が行われてもなお、所在が分からない子供が全国に一定数存在する。その事実の方が恐ろしい。また、虐待や貧困など子供を巡る悲しい出来事は今も絶えない。児相の権限強化や警察との連携も進んでいるとはいえ、根本的な解決策は見いだせないままだ。執筆当時と現状は少しも変わっていないように思え、あえてそのままとした。

もう一つ悩んだのは、本作の主人公である直についてである。二十代の若さで亡くなった私の実の兄は名を「直樹」といい、私の「正樹」と併せれば（上下逆さまではあるが）まさに「正直兄弟」となる。そのことを含め、直という人物の造形に私自身が重なっているのは間違いない。単行本刊行時、小説そのものはお褒め下さる方にも直の言動については様々な（主に批判的な）ご意見をいただき、自分が責められているようで身の縮む思いであったが、その辺りも改稿しないと決めた。たとえ特殊な事情はなくとも、そして年齢だけは大人と言われるようになっても、親になること、子供を持つということの重さの前に立ちすくんでしまう人間もいるはずだ。そういう彼だからこそ、本作の主人公たりえるのだと信じたい。

そこまで自らを投影しているからには、実際の「選択」について触れないのはフェアではないかもしれない。私は三十代の半ばに、身体に重い障害を負った女性と結婚し、その時点で子供を持つことは現実的ではなくなった。結婚に当たっては問題が山積みされており（当然「父親」からは反対され、一時は勘当同然となった）、正直言って子供の問題を考える余裕はなかった。夫婦ともに馬齢を重ねた今となっては物理的にも不可能なこととなり、「悩む」必要がなくなった次第である。

当事者にはなれなかった私ではあるが、だからこそ、切に願うのだ。子供をつくるとは、親になるとはどういうことなのか。多くの人に考えてもらいたい、と。

親である人も親にならなかった人も。これから親になる人も。「かつて子供だった」すべての人に。

二〇一九年八月

丸山正樹

解説

大塚真祐子

〈居所不明児童〉という言葉を、この作品ではじめて意識した。〈住民票などには記載されているのに居場所が分からず、就学が確認できない小中学生のこと〉と、物語の冒頭に流れるテレビニュースが告げる。多額債務を抱えている、父親のＤＶから逃げている、などが要因の例としてあげられる。

しばらく学校を休ませるという父親の電話を最後に、小学四年生の栢本紗智と、父親の栢本伸雄の行方がわからなくなった。担任教師である相野祥子の代わりに、恋人でフリーカメラマンの二村直が紗智を探すことになる。これがこの物語の一つ目の軸だ。直は紗智を探すために訪れた名古屋で、児童相談所の職員の羽田、ＮＰＯ団体のリーダーである河原、地域のストリート・チルドレンを束ねる富岡悟志、通称シバリに出会う。羽田から聞く〈居所不明児童〉をめぐる実情は、報道よりもさらに過酷なものだ。〈『居所不明児童』にはカウントされていない、しかし『行方の分からない子供』は、実際にはもっとたくさんいるんです」

「え?」

「文科省の調査の対象になっているのは、『一年以上の居所不明者』だけです。ですがお探しのお子さんのように、いなくなって一年未満の児童もたくさんいます」〉

居住の事実が認められず、住民登録が抹消されれば、その後は調査の対象から外れ、その子供の存在自体が消されてしまうこと、こうした子供たちを探し、安否を確認するための具体的な行動は、現在でも何もなされていないこと、などが説明として続く。

連日聞こえてくる児童虐待のニュースで、必ずと言っていいほど槍玉にあがるのが、児童相談所の誤った対応や、学校や警察との連携の悪さだろう。これだけ同じような事件が繰り返されながら、なぜ救えなかったのか。子供の人権救済のため、行政では介入できない部分をサポートする活動をしているという河原は、次のように語る。

〈「行政が虐待を阻止するなんて、実はほとんどできないんです。子育てというのは、ある種、聖域です。他人は立ち入れないんですよ。児相だけじゃない、学校や保健所、警察にしても同じです。DVはようやく最近になって警察沙汰になるケースも増えてきましたけど、子供の虐待はまだまだです。児童虐待防止法ができてもう十六年になりますが、虐待はなくなりましたか?」〉

シバリの存在にも衝撃を受けた。〈ストリート・チルドレンの元締め〉とはどういうことか。路上で援助交際の相手を探す、身寄りのない少女たちの面倒を見る。言ってしまえば、危険な人物から少女たちを守るという役割は果たしながらも、援助交際は黙認しているということだ。援助交際の斡旋の様子を目の前にして、直は逡巡する。

〈こんなことはしない方がいい。するべきじゃない。そんなことは分かっている。〉

〈彼女たちを許すとか許さないとか、誰が言えるのか――。〉

いったい現状はどうなっているのだろう。『漂う子』の参考文献から、石川結貴『ルポ 居所不明児童――消えた子どもたち』（ちくま新書）と、NHKスペシャル「消えた子どもたち」取材班『ルポ 消えた子どもたち 虐待・監禁の深層に迫る』（NHK出版新書）の二冊を手に取ってみた。かいつまんで読んでみるつもりが、最後までページを繰る指を止めることができなかった。

壮絶だった。無意識にむごい部分を読み飛ばしている自分がいて、何度も同じ箇所をたどる羽目になった。そして、どの本にも同じ虐待事件が引き合いに出され、説明されることに言いようのない虚しさを感じた。

〈親とは何か。親と子は何をもってつながっているのだろうか。〉（『ルポ 居所不明児童』217ページ）という何気ない問いが、子供の長期監禁や衰弱死の事例に触れた後では、刃物のような鋭さで体内を貫く。その問いは『漂う子』という作品を読みながら、自分の中に自然と生まれたものでもあった。

親とは何か。祥子から突然の妊娠を告げられたことで、直は自らの生き方を問われる。

これがこの物語のもう一つの軸となる。妊娠を告白された際の直の反応が、苦笑するほどリアルだ。

〈可能性があるとしたらその時しかない。九週目と言ったか。計算は合う気がした。でも、たった一回で?〉

帰宅した直は翌日、ためらいながらもノートパソコンで、「妊娠」「中絶」と検索する。率直にひどいと思いながら、直の行為を一方的に否定できるのか、考えあぐねる自分もいる。五歳の子を育てているが、かつて直と同じように考えていた自分が、出産を経験すれば簡単にいなくなるというわけではないのだ。

〈なぜ?　と直は自問する。

なぜみんな、そんなに簡単に子供をつくろうなんて思うのだろう。〉

子供を嫌いとも、好きだと思ったこともない。ただ年齢を重ね、産めなくなる可能性が高まるのを感じながら、死ぬまで子供のいない人生を歩む覚悟ができているかといえば、そこまでの強い選択ではないと、ある日気がついてしまった。産むという経験をしなかったことで、そのとき目の前にいる恋人を、責める日がくるかもしれないことが怖かった。だからといって、子供を持つに相応する気構えができていたかといえば、そんなものはないにひとしかった。いったい直も自分も、素直に子供を欲する気持ちを、どこに置いてきたのだろう。産んだことに悔いはまったくないが、なぜ自分は子供を産むことを、あるいは産まないことを、意識的に選ぶことができなかったのだろう。

同様に、紗智やその親、路上で身を売ろうとする少女たちを、別の世界の人間のように考えることはできない。ほんの少しボタンをかけ違えれば、誰もが当事者になり得ると思っている。居所不明児童や居所不明児童が生まれる背景について知ろうとすると、虐待やネグレクトの実例と、制度としての福祉や教育からこぼれおちるさまざまな現実が、必ずひとまとめで語られる。

〈「結局また、戻ってしまうんです、『路上』に……。コインロッカーをクローゼット代わりに、ネカフェやファストフードを自分の部屋として使う暮らしの方が、あの子たちにとっては気楽なんでしょう。でも、そういう生活には、必ず危険がつきまといます。『助けようか』と言ってくる男たちが善意だけのわけはないんです。ああいう子たちの中には軽度の知的障害や発達障害を抱えている子たちもいます。誰かが、守ってあげなくてはなりません。本当は、大人がその役目を担わなければいけないんです。本当は……」〉

羽田が直にふと洩らした本音が、いつまでも重く響く。たとえば生い立ちや家庭環境が、自尊感情の育ちに影響を及ぼすというのは、一つの言説としてよく目にするが、周囲が気づかないほどの軽度の知的障害や発達障害を抱えながら、適切な支援を受けられなかったことで、自ら不利な状況を作り出してしまうことがあるというのは、『漂う子』やその参考文献を読むまでは、思いもよらない視点だった。かつては家族や親族、地域のコミュニティでフォローできていたハンディキャップを、剝き出しにしたまま社会に出れば、周囲との摩擦を生み、生活はより困難なものになる。そういう人びとが一定数存在するということは、居所不明児童や虐待の背景にあるのが、必ずしも親であることの無自覚や子への憎しみというだけでなく、人をひとり育てるという大仕事を、一家庭やその親のみに背負わせる現代の社会のあり方や、人びとの考え方に、問題の根の一つがあるのかもしれない。『漂う子』という物語との出会いがなければ、親と子が直面する現実に、こんなふうに向き合うことは、間違いなくなかっただろう。

〈「（略）少子化対策とか言っていますけど、国が認めているのは『ちゃんと二親が揃った正しい親子』なんですよ。でも、正しい親子って、何でしょう」〉

羽田の問いかけに自分を重ねる。物語にも、自分の中にも答えがあるわけではない。フィクションとしての小説であれば、もしかするともっとわかりやすい希望を求められるのかもしれないが、著者はそのような作品を書こうとはしてこなかった。手話通訳士を主人公に、ろう者と手話をめぐる現実を描いた著者の代表作「デフ・ヴォイス」シリーズと同様、新聞の見出しや片手間のニュースだけでは見えにくい社会の深部を、物語の持つ現在性をとおして、〝いまあなたの目の前で起こっていること〟として、一人でも多くの人に見せようとする。物語の力で社会と読者をつなぐことができると、おそらく著者自身が強く信じているのだ。

〈血はもうとっくに入れ替わった。

今の俺は、細胞から全部俺のもんだ。〉

河原は虐待を受けて育ち、シバリは無戸籍のまま、路上を住処にして生きてきた。そのシバリが、人間の細胞は何年かで入れ替わるらしいと聞き、河原に呟いたのがこの台詞だ。虐待は世代間で連鎖しやすいと言われるが、シバリの言葉は物語の中でも、この物語に出会った自分の中でも、使いまわされた定説を力強く撥ねのける。

正義や正論を、まるで自分があつらえた武器のようにふりかざすだけでは、もうこの現実と戦うことはできない。物語の言葉と、その言葉が導く想像力が、きっと社会と人びとをつなぐ一助になると、著者と同じように信じたい。そのための力を、この物語がくれたと思っている。

（書店員）

単行本　二〇一六年一〇月　河出書房新社刊

DTP制作　エヴリ・シンク

文春文庫

漂《ただよ》う子《こ》

定価はカバーに
表示してあります

2019年11月10日　第1刷

著　者　丸《まる》山《やま》正《まさ》樹《き》
発行者　花田朋子
発行所　株式会社　文藝春秋

東京都千代田区紀尾井町 3-23　〒102-8008
TEL 03・3265・1211㈹
文藝春秋ホームページ　http://www.bunshun.co.jp

落丁、乱丁本は、お手数ですが小社製作部宛お送り下さい。送料小社負担でお取替致します。

印刷・萩原印刷　製本・加藤製本

Printed in Japan
ISBN978-4-16-791384-7

（　）内は解説者。品切の節はご容赦下さい。

丸山正樹
デフ・ヴォイス
法廷の手話通訳士
荒井尚人は生活のため手話通訳士になる。彼の法廷通訳ぶりを目にし、福祉団体の若く美しい女性が接近してきた。知られざるろう者の世界を描く感動の社会派ミステリ。（三宮麻由子）
ま-34-1

宮部みゆき
誰か Somebody
事故死した平凡な運転手の過去をたどり始めた男が行き当たった、意外な人生の情景とは――。稀代のストーリーテラーが丁寧に紡ぎだした、心を揺るがす傑作ミステリー。（杉江松恋）
み-17-6

宮部みゆき
名もなき毒
トラブルメーカーとして解雇されたアルバイト女性の連絡窓口になった杉村。折しも街では連続毒殺事件が注目を集めていた。人の心の陥穽を描く吉川英治文学賞受賞作。（杉江松恋）
み-17-9

宮部みゆき
ペテロの葬列（上下）
「皆さん、お静かに」。拳銃を持った老人が企てたバスジャック。呆気なく解決したと思われたその事件は、巨大な闇への入り口にすぎなかった――。杉村シリーズ第三作。（杉江松恋）
み-17-10

宮部みゆき
楽園（上下）
フリーライター・滋子のもとに舞い込んだ、奇妙な調査依頼。それは十六年前に起きた少女殺人事件へと繋がっていく。進化し続ける作家、宮部みゆきの最高到達点がここに。（東　雅夫）
み-17-7

道尾秀介
ソロモンの犬
飼い犬が引き起こした少年の事故死に疑問を感じた秋内は動物生態学に詳しい間宮助教授に相談する。そして予想不可能の結末が！　道尾ファン必読の傑作青春ミステリー。（瀧井朝世）
み-38-1

湊　かなえ
花の鎖
元英語講師の梨花、結婚後に子供ができずに悩む美雪、絵画講師の紗月。彼女たちの人生に影を落とす謎の男K……。三人の女性たちを結ぶものとは？　感動の傑作ミステリ。（加藤　泉）
み-44-1

（　）内は解説者。品切の節はご容赦下さい。

望郷
湊　かなえ
島に生まれ育った私たちが抱える故郷への愛、憎しみ、そして憧憬……屈折した心が生む六つの事件。日本推理作家協会賞・短編部門を受賞した「海の星」ほか全六編を収める短編集。（光原百合）
み-44-2

運命は、嘘をつく
水生大海《みずきひろみ》
夢に出てきた男に焦がれる月子。親友・小夜は危うい月子を心配するが……。フレンチ・ミステリーを思わせる大胆な展開と仕掛けがあなたを誘う。初野晴による特別〝解説〟短篇つき。
み-51-1

推定脅威
未須本有生
自衛隊航空機TF-1が二度にわたり墜落。機体を製造した四星工業の技術者・沢本由佳は事故原因に疑問を抱き独自に調査を始める。松本清張賞受賞の航空サスペンス。（小森健太朗）
み-53-1

ターミナルタウン
三崎亜記
かつてターミナルだった駅をほぼすべての電車が通過するようになり衰退した静原町――鉄道を失った鉄道城下町は再興できるのか。全く新しい町興しが始まる。（伊藤氏貴）
み-54-1

深海の夜景
森村誠一
妻を亡くした老人、路上生活者へと転落した若者、母子強姦殺人事件の遺族と犯人、大震災発生時に居あわせた男女など現代社会に生きる人々の心に灯る光を描く七篇。（成田守正）
も-1-25

月下上海
山口恵以子
昭和十七年。財閥令嬢にして人気画家の多江子は上海に招かれたが、過去のある事件をネタに脅される。謀略に巻き込まれた彼女の運命は……。松本清張賞受賞作。（西木正明）
や-53-3

死命
薬丸　岳
若くしてデイトレードで成功しながら、自身に秘められた殺人衝動に悩む榊信一。余命僅かと宣告された彼は欲望に忠実に生きると決意する。それは連続殺人の始まりだった。（郷原　宏）
や-61-1

（　）内は解説者。品切の節はご容赦下さい。

矢月秀作
刑事学校
大分県警刑事研修所・通称刑事学校の教官である畑中圭介は、小中学校時代の同級生の死を探るうちに、カジノリゾート構想の闇にぶち当たる。警察アクション小説の雄が文春文庫初登場。
や-68-1

横山秀夫
陰の季節
「全く新しい警察小説の誕生！」と選考委員の激賞を浴びた第五回松本清張賞受賞作「陰の季節」など、テレビ化で話題を呼んだ二渡が活躍するD県警シリーズ全四篇を収録。（北上次郎）
よ-18-1

横山秀夫
動機
三十冊の警察手帳が紛失した――。犯人は内部か外部か。日本推理作家協会賞を受賞した迫真の表題作他、女子高生殺しの前科を持つ男の苦悩を描く「逆転の夏」など全四篇。（香山二三郎）
よ-18-2

横山秀夫
クライマーズ・ハイ
日航機墜落事故が地元新聞社を襲った。衝立岩登攀を予定していた遊軍記者が全権デスクに任命される。組織、仕事、家族、人生の岐路に立たされた男の決断。渾身の感動傑作。（後藤正治）
よ-18-3

横山秀夫
64（ロクヨン）（上下）
昭和64年に起きたD県警史上最悪の未解決事件をめぐり刑事部と警務部が全面戦争に突入。その狭間に落ちた広報官三上は己の真を問われる。ミステリー界を席巻した究極の警察小説。
よ-18-4

米澤穂信
インシテミル
超高額の時給につられ集まった十二人を待っていたのは、より多くの報酬をめぐって互いに殺し合い、犯人を推理する生き残りゲームだった。俊英が放つ新感覚ミステリー。（香山二三郎）
よ-29-1

吉永南央
萩を揺らす雨
紅雲町珈琲屋こよみ
観音さまが見下ろす街で、小さなコーヒー豆の店を営む気丈なおばあさんのお草さんが、店の常連たちとの会話がきっかけで、街で起きた事件の解決に奔走する連作短編集。（大矢博子）
よ-31-1

（　）内は解説者。品切の節はご容赦下さい。

その日まで
吉永南央
紅雲町珈琲屋こよみ
北関東の紅雲町でコーヒーと和食器の店を営むお草さん。近隣で噂になっている詐欺まがいの不動産取引について調べ始めると、因縁の男の影が……。人気シリーズ第二弾。（瀧井朝世）
よ-31-3

名もなき花の
吉永南央
紅雲町珈琲屋こよみ
新聞記者、彼の師匠である民俗学者、そしてその娘。十五年前のある〈事件〉をきっかけに止まってしまった彼らの時計の針を、お草さんは動かすことができるのか？　好評シリーズ第三弾。
よ-31-4

糸切り
吉永南央
紅雲町珈琲屋こよみ
紅雲町のはずれにある小さな商店街「ヤナギ」が改装されることになった。だが関係者の様々な思惑と〈秘密〉が絡み、計画は空中分解寸前に――。お草さんはもつれた糸をほぐせるか？
よ-31-6

まひるまの星
吉永南央
紅雲町珈琲屋こよみ
紅雲町で、山車蔵の移設問題が起こった。お草さんはそれに係わるうちに、亡き母と親友が絶縁する結果となった、町が隠し続けてきた〝闇〟に気づき、行動を起こすが――。シリーズ第五弾。
よ-31-7

オリーブ
吉永南央
突然、書き置きを残して消えた妻。やがて夫は、妻の経歴が偽りで、二人の婚姻届すら提出されていなかった事実を知る。女は何者なのか。優しくて、時に残酷な五つの「大人の嘘」。（藤田香織）
よ-31-2

キッズタクシー
吉永南央
タクシードライバーの千春には、正当防衛で人を殺した過去があった。ある日、客の小学生の行方が分からなくなり、過去の件が町の噂になった千春にも疑いの目がかかる。（大矢博子）
よ-31-5

小さな異邦人
連城三紀彦
八人の子供がいる家庭へ脅迫電話が。「子供の命は預かった」。だが家には子供全員が揃っていた。誘拐されたのは誰？　著者のエッセンスが満載された最後の短編集。（香山二三郎）
れ-1-18